红楼梦
亲密关系的智慧

明辉 著

化学工业出版社
·北京·

内容简介

也许，你正为一个人对你的表白而犹豫，因为你不确定这是不是爱情的萌动；也许，你正为爱人对你的高要求而困惑，因为你不确定要不要改变自己；也许，你正为伴侣的冷漠而迷茫，因为你不确定要不要彻底放手……那么，请打开这本书吧，让我们一起跟着《红楼梦》来学习如何为爱续航，如何在亲密关系中获得幸福和成长，如何成就自在丰盈的人生！

本书以名著《红楼梦》为蓝本，通过分析人物的情感关系、人格特点和主要事件，与读者一起解读亲密关系中的各种问题，汲取人性的真善美，进而认识爱的缘起、爱的类型、爱的本质、爱的智慧。人生之旅需要以爱为航，懂得爱是解锁成功人生的核心奥秘。我们只有懂得爱，才能具备爱的能力。懂得，是爱的基础，懂比爱更重要。当我们学会反观自我与他者的亲密关系，学会善用情感关系提升幸福力，我们就能在亲密关系中重塑自我，拥有幸福人生。

图书在版编目（CIP）数据

红楼梦亲密关系的智慧 / 明辉著. -- 北京：化学工业出版社，2025.3. -- ISBN 978-7-122-47261-8

Ⅰ. I207.411-49

中国国家版本馆CIP数据核字第202534E102号

责任编辑：李彦芳　　　　　　装帧设计：李子姮
责任校对：宋　夏

出版发行：化学工业出版社
　　　　（北京市东城区青年湖南街13号　邮政编码100011）
印　　装：中煤（北京）印务有限公司
710mm×1000mm　1/16　印张13　字数142千字
2025年5月北京第1版第1次印刷

购书咨询：010-64518888　　　　售后服务：010-64518899
网　　址：http://www.cip.com.cn
凡购买本书，如有缺损质量问题，本社销售中心负责调换。

定　　价：59.00元　　　　　　　　　　　　版权所有　违者必究

前言

红楼梦悟——以爱为航

当你打开这本书，你我之间便有了一份特殊的缘分。经典作品，喜欢的人无数，但深知其味者却少之又少。倘若我的解读能令你获得些许启发，就是我最大的荣幸。

自《红楼梦》[①]问世以来，人们对它的喜爱经久不衰，无数人阅读它，品评它。我认为这是因为《红楼梦》的字里行间流淌的是青春、爱与美，当然更有对人性深刻的洞察。大观园内外的聚散别离、爱恨嗔痴在书中一幕接着一幕上演，真实得如同发生在你我身边。尽管红楼一梦终须醒，但我们正因为通过《红楼梦》读懂了人世间久聚必散、美好易逝的无奈，才会更加珍惜那些曾经或正在经历的爱与美。

《红楼梦》刻画了近千个人物形象，我们喜欢给这些形象贴上简易的标签，比如宝玉是一个处处留情的公子哥儿，黛玉是一个敏感矫情的柔弱小姐，宝钗与袭人则是善用心机来算计他人的反派形象。诸如此类的标签还有很多，可我们知道，人是复杂的，是多

---

① 本书使用的是人民文学出版社1982年版的庚辰本《红楼梦》，2017年11月第65次印刷。

层次的，天才文学家曹雪芹是不会将小说中的人物塑造得如此单薄的，我们需要细致且客观地去重新审视宝玉、黛玉、宝钗、袭人、晴雯等形象，分析他们的人格特点，由此真正理解他们行为活动的心路历程，才能更好地以《红楼梦》为蓝本，去体会"爱"这一重要的人生课题，并在此中反观自我与他者的情感联系，从而观照我们的整个人生。

也许，你和我一样，年少时读《红楼梦》，认为宝黛爱情大抵是大观园无忧无虑生活的产物；成年后再读《红楼梦》，才恍然明白，但凡为人，哪有无忧无虑。无论是"少年不识愁滋味"，"为赋新词强说愁"的青春迷茫，还是"而今识尽愁滋味"，"却道天凉好个秋"的中年困顿，人生大抵如斯，每个人都有不同年龄段的或淡或浓的忧伤。

如果你观察过身边的人，就会发现：一些本该风华正茂的青春少年背负着原生家庭的重壳、父母的殷切期望，艰难前行；一些本该甜蜜幸福的恋爱中的人却饱尝辛酸和伤害，不知如何走好下一步；一些本该互相信任的夫妻却在婚姻中留下一地鸡毛，甚至又将这份痛楚延伸到孩子身上……

这些无奈苦痛和悲凉虚妄的根本原因是人们不懂爱，不懂人生之旅需要以爱为航。懂得，是爱的基础，懂比爱更重要，这是我们解锁成功人生的核心奥秘，学会善用情感关系提升幸福力，尽情汲取人性的光辉和智慧，快速摆脱原生性格或家庭的桎梏，进而重塑、战胜自我，让自己拥有幸福人生。

只要用心去体会，一部浓缩人生荣衰的《红楼梦》，能带给我们非凡的成长智慧，让我们无论遇到何种境况，都不再怯懦恐惧。《红楼梦》除了给我们展示了青春、善和美，也带领我们认识到苦痛、悲凉与虚妄，帮我们学会放下执念。放下并不意味着颓废、逃避和清除，它是坐看云卷云舒，心静如水的超然，是见山是山的圆融与通达。让我们学会以仁爱与包容之心善待终将如水般逝去的一切，那么我们所经历的苦难艰辛，终究会成为一缕照亮我们前行的光。

我很喜欢诗人昌耀《慈航》中的一段诗：

在善恶的角力中，

爱的繁衍与生殖，

比死亡的戕残更古老、

更勇武百倍。

是的，爱的微澜像年轮一般缓缓扩散，温暖烟火岁月。愿我们在红尘里炼心，做那朵出淤泥而不染的、愉悦的、具足所有美好的莲花，愿你和遇见你的人，都能通过你看到更美好的世界。

目录

第一章 宝黛之爱的缘起

美玉微瑕：贾宝玉的形象及人格分析……002

花魂诗魄：林黛玉的形象及人格分析……008

爱的缘起：情萌天上，重逢人间……027

爱的悸动：眼前春色梦中人……032

爱的牵挂：情动处暖玉生香……036

爱的付出：因情相惜悟成长……038

爱的试探：以真心换真心……040

爱的信物：香囊与诗帕……042

爱的插曲：爱似青梅半含酸……046

爱的约定：高山流水，得遇知音……048

爱的结局：草木情情，卿卿薄命……052

第二章　爱的类型

爱情的四大类型 ····················· 056
宝钗和宝玉：尊崇礼教的"金玉良缘" ··········· 060
袭人和宝玉：无缘有情的姐弟之爱 ············ 074
晴雯和宝玉：纯真的意气相投 ·············· 084
妙玉对宝玉：不空的槛外人 ··············· 088
贾雨村和娇杏：偶然一眼的姻缘 ············· 090
贾瑞与凤姐：贪恋与欲望的悲剧 ············· 094
贾琏与王熙凤：女强人的婚姻启示 ············ 098
贾芸与小红：烟火爱情里的平淡与温暖 ·········· 102
尤三姐和柳湘莲：世俗的傲慢与偏见 ··········· 106
贾蔷与龄官：爱情里的独宠与唯一 ············ 110

第三章　爱的本质

构成亲密关系的六个因素 ················ 116
依恋是亲密关系的重要基础 ··············· 120

爱情三角理论：亲密、激情、承诺 …………… 126

爱是亲密关系的本质 …………………………… 128

爱是同频共振的吸引 …………………………… 130

爱是懂得和珍惜 ………………………………… 134

爱是随缘，放下我执 …………………………… 136

爱是藏不住的深情 ……………………………… 138

爱是责任与担当 ………………………………… 140

爱是心安 ………………………………………… 142

爱是分享 ………………………………………… 144

爱是欣赏 ………………………………………… 148

第四章　爱的智慧

用美学的方式体验爱 …………………………… 152

爱情与色欲 ……………………………………… 156

单恋是独角戏，爱是双人共舞 ………………… 160

爱的密码：心怀善意地传递爱 ………………… 164

爱的必修课：悦纳自己 ………………………… 166

怨，会蚕食爱情 …………………………… 170
爱是照亮自己的修行 …………………………… 172
爱是生命中的再一次成长 …………………………… 174
爱她，请为她持续地按下确认键 …………………………… 178
如何降低亲密关系的危机损耗 …………………………… 180
物质优先还是情感优先 …………………………… 182
爱，不是迷失自我的讨好 …………………………… 184
唤醒爱的幸福感 …………………………… 186
幸福婚姻的相似性 …………………………… 190
爱他，就给他空间 …………………………… 192
让内在美为爱助力 …………………………… 194

参考文献 …………………………… 196

后记 …………………………… 197

第一章 宝黛之爱的缘起

一个是阆苑仙葩,一个是美玉无瑕。若说没奇缘,今生偏又遇着他;
若说有奇缘,如何心事终虚化?
一个枉自嗟呀,一个空劳牵挂。一个是水中月,一个是镜中花。
想眼中能有多少泪珠儿,怎经得秋流到冬尽,春流到夏!

美玉微瑕：
贾宝玉的形象及人格分析

"好色"之说

> 女儿是水作的骨肉，男人是泥作的骨肉。我见了女儿，我便清爽；见了男子，便觉浊臭逼人。

贾宝玉在《红楼梦》第三回中宝黛初见时正式登场。此前，曹雪芹通过神话交代了宝玉的前世背景，又在冷子兴演说荣国府时，用一个贾府之外的评说视角来描写宝玉。在这段评说中，冷子兴认为宝玉是一个不学无术的好色之徒，而这也是多数读者对宝玉的初印象：一个喜欢和女孩儿混在一起的多情公子。

宝玉喜欢女孩儿似乎是天生的，第二回"冷子兴演说荣国府"是这样描述宝玉的：

> 那年周岁时，政老爹便要试他将来的志向，便将那世上所有之物摆了无数，与他抓取。谁知他一概不取，伸手只把些脂粉钗环抓来。

抓周是宝玉"好色"之说的一个证据。更为直接的证据是他令人颇为惊奇的价值观，作为一个七八岁的孩子，他却说出："女儿是水作的骨肉，男人是泥作的骨肉。我见了女儿，我便清爽；见了男子，便觉浊臭逼人。"在宝玉的世界里，若这世界是按照性别等级来区分的话，那么女儿便是高于男人的存在。在那个普遍以男性为尊的时代，宝玉"女性为上"的价值观实属另类，可我们不能仅用"好色""下流"等标签来评价宝玉。对比《红楼梦》中其他男性形象，如薛蟠、贾琏、贾珍、贾瑞等，宝玉对待女性的态度绝非玩弄，他对待黛玉、宝钗、湘云等女性更多的是一种带着审美视角的欣赏。他对待女性，尤其是年轻女性，是尊重的，甚至是带着羡慕之情的，他常常慨叹自己是男子，不如女孩儿灵秀清洁，不如女孩儿是天地之力所造化出来的精华。

贵族身份的限制

> 就是大人溺爱的，是他一则生的得人意，二则见人礼数竟比大人行出来的不错，使人见了可爱可怜，背地里所以才纵他一点子。若一味他只管没里没外，不与大人争光，凭他生的怎样，也是该打死的。

宝玉做出许多看似逾矩之事：他不喜仕途经济，偏爱调脂弄膏，整日与姐姐妹妹厮混在一起，甚至吃女孩嘴上的胭脂；在结交择友方面，身为肩负荣国府未来的嫡孙，他不爱与达官贵胄来往，却与优伶出身的蒋玉菡倾盖如故。凡此种种，皆超出寻常贵族公子常规行为的范围。宝玉如此这般，一是因为其自身具有异于常人的性格和价值观，再就是来自贾家上下的溺爱。宝玉衔玉而生，本就带着"神迹"色彩，他模样生得俊美，赢得了贾府最高权威贾母的宠爱，他的母亲王夫人已丧一子，唯有他这一个亲生儿子，更是视他为珍宝，所以宝玉的言行在贾府中获取了权威阶层的特许。宝玉的一切看上去都是自由的，但是，我们不应忽视，生长在贾府这样的封建贵族家庭，宝玉的自由是有严苛的限度的，从第五十六回贾母对宝玉的评价中可见一斑。

贾母也笑道："可知你我这样人家的孩子们，凭他们有什么刁钻古怪的毛病儿，见了外人，必是要还出正经礼数来的。若他不还正经礼数，也断不容他刁钻去了。就是大人溺爱的，是他一则生的得人意，二则见人礼数竟比大人行出来的不错，使人见了可爱可怜，背地里所以才纵他一点子。若一味他只管没里没外，不与大人争光，凭他生的怎样，也是该打死的。"

即使是得到溺爱的贵族公子，若是在公众场合言行不当，损害了家族的利益，也是不行的。也就是说，宝玉所获取的自由，是在贾家可以接受的范围内获取的自由，他不可损害贾府的实际利益。毫无疑问，当宝玉的自由与贾府的利益发生冲突时，宝玉的自由是可以被牺牲的，他的自由是如此脆弱。所以，宝玉虽然不喜四书五经，排斥仕途功名的世俗理想，但是他从未在公共场合发表过什么叛逆言论，也未在众人面前做过出格的举动；他厌烦父亲贾政对自己在仕途上的要求，可无论在人前还是人后，宝玉从未对贾政不敬；宝玉喜欢黛玉，却也从未在争取婚姻自主权利上有过什么具体行动。宝玉的这些行为说明他还是一个封建贵族公子，他还是懂得自由的限度的，不会越雷池一步。这也正是宝玉的局限性。

虚妄的人生观

> 等我有一日化成了飞灰——飞灰还不好,灰还有形有迹,还有知识。——等我化成一股轻烟,风一吹便散了的时候,你们也管不得我,我也顾不得你们了。

宝玉高贵的出身是命运的馈赠,他既是贾府的宠儿,又因这份娇宠而必须面对悲凉虚妄的未来。王蒙先生认为宝玉身上有一种对宿命的"超前感受",他似乎对命运充满了诸多不祥的预感。宝玉常把死亡话题放在嘴边,他经常说:"等我有一日化成了飞灰——飞灰还不好,灰还有形有迹,还有知识。——等我化成一股轻烟,风一吹便散了的时候,你们也管不得我,我也顾不得你们了。"

在宝玉看来,他最终的结局应该是死去后化成飞灰,光化成飞灰还不够,还要化成轻烟,于这世间的一切了无痕迹方好,这无疑是一种虚空、消极的人生态度。宝玉的思想无疑是封建社会的异类,儒家在面对生死问题上秉持着一种"未知生,焉知死"的现世态度,即活着就是活着本身,活着的时候就好好地活着,不必深入地去探讨死亡话题。然而,宝玉身上却没有对待人生的积极态度,他怀有的是一种消极的"人生哀思",他的人生理想是虚无主义式的"赤条条来去无牵挂"。

读者用"美玉无瑕"来形容宝玉,诚然如此,他拥有家族的荣宠,他拥有他爱的和爱他的姐妹们,这样看来,他实现了补天顽石的心愿——去"花柳繁华地,温柔富贵乡"经历一番,他确实享有看似十分完满的人生。可就是这样一个天之骄子,思想中却充满了如此琐碎的苦闷、如此骇人的无聊、如此无望的空虚,这些因素也导致他人生命题的重大虚妄,人生的意义也最终归于荒诞和虚无,这样的美玉还是无瑕的吗?我想答案是否定的。《红楼梦》的开篇交代了娲皇补天唯剩一石的神话背景,那颗被弃在青埂峰上的石头面临"无材可去补苍天"的命运,它在天地间是无用的,它存在的意义是虚无的,而这也隐喻了贾宝玉的人生就如同这颗无用之石一样,是无意义的,是虚妄的。

多情公子背后的深情

你们那里知道,不但草木,凡天下之物,皆是有情有理的,也和人一样,得了知己,便极有灵验的。

宝玉具有敏锐的情感感受力与强大的同理心,这使得他的人格构成中还有一个突出的特点——多情。需要注意的是,这里所说的"多情"并不仅仅指他喜欢混迹在女孩儿的队伍里,而且指他对世间的万事万物都能心存感念。他位居"情榜"的榜首,"情榜"对他的批语是"情不情",也就是说他甚至可以对没有生命的物体产生情感,会对其怀以怜惜之情。他认为世间是有情之天下,第七十七回,晴雯被赶出大观园后,宝玉看见院子里的海棠花死了半边,于是便想到这海棠花是与晴雯之死相照应的。

宝玉叹道:"你们那里知道,不但草木,凡天下之物,皆是有情有理的,也和人一样,得了知己,便极有灵验的。……所以这海棠亦应其人欲亡，故先就死了半边。"

宝玉爱大观园的每一个妹妹。看似多情，背后却是深情。在他的心底有一个最爱，就是林妹妹，这是谁也无法取代的。从他对林妹妹的几次表白，你就会发现真正的爱情其实就是一份偏爱与例外。爱情是自私的，容不下第三个人一起分享。在感情当中，我们都想成为对方心中的唯一，是专一的爱，是你对他的例外。宝玉对其他妹妹的爱，其实是对生命的尊重、善待和不忍心他人受苦的悲悯。

读《红楼梦》，如果读不懂宝玉，我们会和小说中的一些人一样，嘲笑宝玉软弱无能，嘲笑他撑不起家业。可是我们从曹公描写的另一个角度来看宝玉，宝玉称得上是温润如玉的谦谦君子。当我们把自己代入到宝玉的角色中时，我们能否像宝玉一样多情而不淫、富贵而不骄、善良且仁爱呢？当我们如宝玉一样在遭遇了家破人亡、从云端跌入泥潭、受尽世人嘲笑与冷眼之时，能否贫贱而不移呢？

花魂诗魄：
林黛玉的形象及人格分析

黛玉耍小性的本质——自尊与敏感

> 因此步步留心，时时在意，不肯轻易多说一句话，多行一步路，惟恐被人耻笑了他去。

黛玉身上具有双重身份，她既是诗礼簪缨之家的贵府千金，又是年幼丧母、后又失父的寄居孤女。这种双重身份赋予了黛玉独特的人格。

一方面，贵府千金的身份使得黛玉拥有维护自身地位的意识，良好的家庭背景使得她在封建时代享有受教育的机会，同时受到了家庭教育文化的熏陶，这些因素使得黛玉具有强烈的自我尊重意识。

林黛玉的父亲林如海是前科探花，钦点的扬州巡盐御史，林家也曾世袭过列侯之位，是书香翰墨之家。林如海发现黛玉天生聪颖，便在她幼年时教她读书识字，后来又聘请贾雨村作为教授她读书的启蒙老师。在封建社会，教育系统的性别区分是泾渭分明的——男子应读书入仕，女子应针黹持家。可黛玉父亲却用类似于培养男孩的教育方案去养育她，这是凤毛麟角的珍贵。对比《红楼梦》中的香菱和凤姐，前者虽有天分与志趣，却无后天受教育的条件；后者能力超群，却未能在幼年读书识字。黛玉在接受教育方面是幸运的。读书识字、文化修习，无疑会培育一个人敏锐的观察力，会深化一个人的思想境界，也会强化一个人的自我意识和自尊感。

年幼的黛玉去了她母亲常说起的"与别家不同"的外祖母家。黛玉进贾府不是如我们今日一样简单地去外祖母家感受亲密、温馨的氛围。黛玉的身份是贵族小姐，其一言一行皆要遵守大户人家的诸多规矩。如我们上文在介绍贾宝玉受到的限制时所说，上等贵族社会更为看重公子小姐在公共场合的礼仪修养。作为世家出身的小姐，黛玉早已深谙此道。

我们常认为黛玉是"耍小性"的，是不懂世故的，也不愿曲意迎合于他人，但细细品味第三回黛玉进贾府这段情节，我们却看到了一个略显紧张、小心翼翼的黛玉，"因此步步留心，时时在意，不肯轻易多说一句话，多行一步路，惟恐被人耻笑了他去"。初来乍到，黛玉不着痕迹地观察着贾府的规矩，当她发现贾府的规矩与家里的规矩很是不同之时，她并未声张，而是默默地照其他人的样子行事。

寂然饭毕，各有丫鬟用小茶盘捧上茶来。当日林如海教女以惜福养身，云饭后务待饭粒咽尽，过一时再吃茶，方不伤脾胃。今黛玉见了这里许多事情不合家中之式，不得不随的，少不得一一改过来，因而接了茶。早见人又捧过漱盂来，黛玉也照样漱了口。

显然，此时的黛玉最怕的是失了面子，"惟恐被人耻笑了他去"。在她看来，若行为不合规矩会被他人耻笑，这于她而言是极为有损自尊的事情，于是她选择谨言慎行，小心行事，这是黛玉以顺应且沉默

通靈寶石
絳珠仙草

的方式来维护自己的尊严。

她在贾府中生活过一段时日之后，已获得了一定的安全感。这时，当自我尊严受到威胁时，黛玉会选择以更为直接的方式来维护自己的地位和尊严。第二十二回，贾家安排了府上豢养的优伶为宝钗唱戏庆生，这场宴会虽名为为薛宝钗庆生，实则众人都知道，宴会真正的主角是贾母，大家在宴会上照旧哄着贾母开心，而王熙凤也开起了黛玉的玩笑，想以此调节气氛。

至晚散时，贾母深爱那作小旦的与一个作小丑的，因命人带进来，细看时益发可怜见……凤姐笑道："这孩子扮上活像一个人，你们再看不出来。"宝钗心里也知道，便只一笑不肯说。宝玉也猜着了，亦不敢说。史湘云接着笑道："倒像林妹妹的模样儿。"宝玉听了，忙把湘云瞅了一眼，使个眼色。众人却都听了这话，留神细看，都笑起来了，说果然不错。一时散了。

在那个时代，优伶戏子是三教九流中最为下等的职业，我们一再强调黛玉的身份是世家小姐，在一个较为公开的场合，拿一个小姐与戏子作比，本就有损官宦小姐的尊严。封建等级制度下，默认的规则是官宦小姐的身份是应被人尊重的，这一点从王夫人对待妙玉的态度中可见一斑。第十七至十八回，贾府想接妙玉来栊翠庵，但妙玉以为"侯门公府，必以贵势压人"而拒绝了。王夫人笑道："他既是官宦小姐，自然骄傲些，就下个帖子请他何妨。"妙玉原本是官宦人家的小姐，这样的出身便可得到贾府管理者的礼遇。

由此看来，熙凤的玩笑和湘云的直言，无疑使得黛玉的身份地位

和自我价值受到了威胁。在宴会结束后，宝玉怕湘云与黛玉产生隔阂，便双方劝慰，结果两边都不理他。

林黛玉冷笑道："问的我倒好，我也不知为什么原故。我原是给你们取笑的，——拿我比戏子取笑。"

黛玉无疑是觉察到自我尊严受到了伤害，此时的她在与自己两情相悦的宝玉面前并未选择沉默，而是坦言自己心中的不快。

黛玉又道："这一节还恕得。再者，你为什么又和云儿使眼色？这安的是什么心？莫不是他和我顽，他就自轻自贱了？他原是公侯的小姐，我原是贫民的丫头，他和我顽，设若我回了口，岂不他自惹人轻贱呢。是这主意不是？这却也是你的好心，只是那一个偏又不领你这好情，一般也恼了。你又拿我作情，倒说我小性儿，行动肯恼。你又怕他得罪了我，我恼他。我恼他，与你何干？他得罪了我，又与你何干？"

很多人评价黛玉的此番言论是要小性儿的表现，但是我们仔细分析一下，不难发现这种看法是断章取义式的批判。首先，联系上下文我们可知，黛玉在面对这次人格威胁时，并未在公开场合立即对凤姐或湘云发难，她的这番言论是在宴会结束之后，是与宝玉个人之间的交流。所以，林妹妹虽然是敏感的、任性的，但她是注意分辨场合的，这是身为贵族小姐的基本素养，也是她给自己的体面。其次，从黛玉的字里行间，我们不难看出她有着鲜明的自我意识和强烈的自我尊重需要。针对说黛玉像小戏子这一情节，中国红学会发起人之一张锦池教授认为，黛玉此时的阐述"主要还是出于坚持自己的人格尊严"，他认为黛玉的性格中既有尊重自我，也有尊重他人，"黛玉的尊重自我，其特点是，她把自己与四大家族的主要成员相比，认为谁也不比谁高贵些。黛玉的尊重别人，其特点是，谁尊重她，她就尊重谁，并不论对方的社会地位的高低"。

通过原著的介绍，我们不难看出黛玉原生家庭明显存在父母角色的缺失，这种重要亲密角色的缺位无疑是导致黛玉敏感型人格形成的重要原因之一。母亲在儿童成长过程中提供安抚、疏导和支持，母亲角色最重要的功能之一是为儿童的身心发展，尤其是女孩的成长提供女性角色的参考样本。《红楼梦》对黛玉幼年失母以及其后的成长经历仅一笔带过，但我们不难想到：年幼时的失母之痛对黛玉造成了多么深刻的影响。这种影响首先体现在她的敏感与多疑，这主要表现为她在人际交往和亲密关系中存在孤僻、偏执、攻击倾向；其次则体现为黛玉安全感的缺失，主要表现为她总是处于精神上的紧张、焦虑状态。

黛玉首次表现出过于敏感的人格属性是在第七回的"送宫花"事件上。薛姨妈得了宫里新制的堆纱花儿十二枝，便托给周瑞家的送给贾府的媳妇小姐们，探春、迎春、惜春各一对，剩下的六枝，两枝送林姑娘，四枝送凤姐。按说，薛姨妈的分配并没有什么毛病，从数量多少来看，林黛玉与贾府三春所得的宫花数量一样多，这没有什么可以挑理的地方。周瑞家的按照吩咐和路线的便捷性依次送出宫花，最后送至林黛玉处，发现黛玉并不在自己房中，而是在宝玉处与大家解九连环玩。此处，黛玉的表现有些过于敏感，而且她的敏感还让在贾府较有地位的奴仆周瑞家的下不来台。

周瑞家的进来笑道："林姑娘，姨太太着我送花儿与姑娘戴来了。"宝玉听说，便先问："什么花儿？拿来给我。"一面早伸手接过来了。开匣看时，原来是宫制堆纱新巧的假花儿。黛玉只就宝玉手中看了一看，便问道："还是单送我一人的，还是别的姑娘们都有呢？"

周瑞家的道："各位都有了，这两枝是姑娘的了。"黛玉冷笑道："我就知道，别人不挑剩下的也不给我。"周瑞家的听了，一声儿不言语。

周瑞家的不是一般的奴仆，而是王夫人的陪房，实际上也帮助王夫人管理荣国府的一些事务，就连宝玉也要当面叫周瑞家的一声"周姐姐"。黛玉仅因送宫花时最后送给她，便让周瑞家的"一声儿不言语"，场面一度很尴尬。周瑞家的本来就是从梨香院出来走到哪便送到哪，黛玉却多疑是别人挑剩下的才给她，这也太过于敏感、脆弱了些。送宫花是一件与她直接相关的事，黛玉的敏感和多疑甚至还会泛滥到与她不相关的事情上。他人有口无心的话，黛玉也会迁移到自身，也能触动她敏感脆弱的神经。第二十六回，黛玉听见贾政叫走了宝玉，"一日不回来，心中也替他忧虑"。她担心宝玉会不会又被父亲责怪，便去宝玉处探望他，此时恰好已是晚上，晴雯和碧痕吵了架，使性子，没有听出是林黛玉来了，便没有给黛玉开门。

林黛玉听了，不觉气怔在门外，待要高声问他，逗起气来，自己又回思一番："虽说是舅母家如同自己家一样，到底是客边。如今父母双亡，无依无靠，现在他家依栖。如今认真淘气，也觉没趣。"一面想，一面又滚下泪珠来。

这仅仅是个误会，但黛玉却由此事联想到自己寄居的身份，不免勾起悲情，可见她的敏感。

黛玉的自卑情结

贾府的奴仆们直接评价黛玉是"孤高自许，目无下尘"，在我们看来，这八个字中隐含的是黛玉的自卑感与优越感。

黛玉似乎是一个较为矛盾的人物，一方面，她在人际交往的小事上过于敏感，又习惯性地将许多生活的碎片泛化到"寄人篱下"的原因之上，这样的黛玉是脆弱的、自卑的；另一方面，黛玉却又表现出强烈的优越感和攻击性。黛玉不遗余力地在各个场合展现自己的诗才，以此来表现自身优越感。黛玉常以"谑语"的手段对他人实施言语攻击的行为，如称刘姥姥为"母蝗虫"。这里，大家不禁会发出一个疑问：为何黛玉身上会有这两种看似矛盾的心理反应和行为活动？我们认为黛玉身上的矛盾之处恰恰是自卑情结的体现。

自卑，是我们熟悉的一个词语，《现代汉语词典》（第7版）对它的释义是"轻视自己，认为不如别人"，这是常人心中典型的对于自卑的理解。然而，对应到黛玉身上，我们不禁也会产生一个疑问：黛玉是轻视自己吗？黛玉是认为自己不如别人吗？黛玉或许认为自己父母双亡，寄人篱下，在这一点上她的确不如宝玉、宝钗等拥有较为完好原生家庭的人，但是在生活中的其他方面，灵慧如黛玉，她又何尝不知诸如贾母的宠爱、自身的才华、宝玉的爱慕等，是她的过人之处，她怎么会认为自己不如别人呢？我们需要用更加合理且深入的理解来分析黛玉的人格特点。

现代心理学的重要流派之一是以阿德勒为代表的个体心理学，自卑情结是个体心理学所着重讨论的话题。阿德勒的自卑情结比我们一般认为的自卑情绪更加广泛，它指："当个人面对一个他无法适当对付的问题时，他表示绝对无法解决这个问题，这时出现的就是自卑情结。"换句话说，在阿德勒看来，自卑是阻碍人们发展的底层原因。今天看来，阿德勒的阐述也许有扩大自卑情结范围的嫌疑，但是，他敏锐地指出自卑情结中的"自卑感"常常伴有"优越感"，这一观点对我们今天阐释诸多现象依旧具有启发性。

通常所说的自卑对应阿德勒的自卑感。自卑感普遍存在于所有个体身上，无须对此过分紧张。自卑感也有其积极意义，大量的研究表明，人类自卑感及其补偿效应是人类个体和整个文明进步的动力源之一。

关于自卑情结的心理学详细论述我们在此不遑备述，我们回到林黛玉的性格结构上，黛玉有两个明显具有自卑情结的行为特征：一是"谑语"，一是哭泣。

第四十二回"蘅芜君兰言解疑癖　潇湘子雅谑补馀香"，集中展现了林黛玉喜欢用"谑语"开人玩笑的特点。在这一回中，黛玉一改往日抑郁、凄苦的人物色调，我们看到了黛玉活泼灵动的一面。《说文解字》对"谑"解释为"谑，戏也"，也就是"开玩笑""嘲弄"的意思。黛玉的聪颖和口才为她提供了谑语的基础，谑语频发的黛玉无疑是机智的。行为能凸显自身的优越感，但是，黛玉的玩笑往往是尖锐的，是直戳他人痛处的。刘姥姥游大观园之后，她直接称刘姥姥是"母蝗虫"，这样的话在古代是十分难听的。对此，宝钗不由得评论道：

"世上的话，到了凤丫头嘴里也就尽了。幸而凤丫头不认得字，不大通，不过一概是市俗取笑。更有颦儿这促狭嘴，他用'春秋'的法子，将市俗的粗话，撮其要，删其繁，再加润色比方出来，一句是一句。这'母蝗虫'三字，把昨儿那些形景都现出来了。亏他想的倒也快。"

还是在第四十二回，潇湘妃子刚谑过刘姥姥，就又话锋一转，指向了宝钗。惜春要为众人游大观园作画，本身这个任务对惜春来说是具有难度的，宝玉和宝钗分别为惜春提供帮助，而黛玉以风趣的玩笑讥讽宝钗列出的长长的画材单子是把自己的嫁妆单子也写上了，引得众人大笑。

黛玉的另一个具有符号性的行为是哭泣。无论是绛珠转世以泪还恩的背景故事，还是小说内不计其数的"滚泪""洒泪""垂泪"，等，林妹妹的"暗洒闲抛"是其人物形象的重要特征。一般人认为流泪、哭泣是一种处于弱势的表现，流泪的人是值得被同情、被保护的。然而，阿德勒在《自卑与超越》中就已经关注到，眼泪是一种水系力量，也是对他人施加的暴政。书中写道：如果一个沮丧的孩子，发现通过眼泪最容易对他人施加暴政，那他就是一个爱哭的婴儿，并且从一个爱哭的婴儿直接发展成抑郁的成年人。眼泪和抱怨——我将它们称之为"水系力量"——可以成为一种扰乱合作，并使他人降为奴隶的极强武器。

黛玉的谑语、哭泣以及经常耍的小性儿，是她在自卑情结下对他人实施的暴政，她的恋人——宝玉，疼爱她的外祖母——贾母，与她来往的众姐妹等，都在包容她的水系力量。她是情感中的侦探，她生命的大多数时间都处于警戒状态，如同一枚超敏的雷达，这样的紧张感也会带来人际交往上的不和谐。贾府的奴仆们直接评价黛玉是"孤高自许，目无下尘"，在我们看来，这八个字中隐含的是黛玉的自卑感与优越感。

黛玉的灵心慧性

与黛玉相伴的常常是诗、书、琴，这三种文化符号构成了黛玉雅致的日常生活和丰满的精神世界，让黛玉不仅有敏感忧郁的气质，而且具有灵慧高雅的艺术气息。

"病如西子胜三分"，这是黛玉在绝大多数读者心目中的典型特征，可莫要忘记这句评语的前一句是"心较比干多一窍"，它恰恰点明了黛玉人格形象的另一个特点，就是灵心慧性、聪慧过人，甚至让宝玉在读《南华经》后续写道："戕宝钗之仙姿，毁黛玉之灵窍"。黛玉聪慧的体现之一便是才思敏捷。第十七至十八回，元妃归省的一个重要环节是为大观园开园，在游览各处之后，她要求宝玉、黛玉、宝钗、李纨以及三春姐妹按大观园各处的匾额题诗吟咏，在诗才方面，薛、林二人不分上下，是大家公认最会作诗的人。林黛玉很快就写完了她应作的那首诗，她看宝玉苦思冥想却没有头绪，便明目张胆地去帮宝玉作诗。

此时林黛玉未得展其抱负，自是不快。因见宝玉独作四律，大费神思，何不代他作两首，也省他些精神不到之处。想着，便也走至宝玉案旁，悄问："可都有了？"宝玉道："才有了三首，只少'杏帘在望'一首了。"黛玉道："既如此，你只抄录前三首罢。赶你写完那三首，我也替你作出这首了。"说毕，低头一想，早已吟成一律，便写在纸条上，搓成个团子，掷在他跟前。宝玉打开一看，只觉此首比自己所作的三首高过十倍，真是喜出望外，遂忙恭楷呈上。

这里有一个很有趣的对比，宝玉自恃诗才不低，而且他在贾政试

才题对额时表现不俗,但是在写《杏帘在望》时却犯了难,与之形成对比的是黛玉在作诗时的状态,首先,在这种暗含着赛诗意味的场合下,她是享受的,让她仅作一首诗,不足以展示她的才华。其次,宝玉的字斟句酌与黛玉的信手拈来作对比,更加突出了黛玉在作诗方面确实高过宝玉许多。最后,从作诗的质量来看,宝玉看了黛玉作的这首《杏帘在望》之后不禁感叹,"比自己高过十倍",元妃看了宝玉交的这四首诗,也觉得黛玉伪作的"'杏帘'一首为前三首之冠"。

与宝钗的藏愚守拙不同,黛玉并不掩饰自己的才华和聪慧。园内结办海棠诗社,众人皆要以白海棠为主题,取"门"韵,还要限定必须要用"盆""魂""痕""昏"四个字作一首七律,要在一炷香之内完成,可以想见,这种雅事对个人文化素质的要求还是比较高的。众人拿到题目后或是搜肠刮肚,或是认真推敲,宝玉踱步苦想,香都快烧完了才只有了四句。只见黛玉却不紧不慢,以闲庭信手之姿,"提笔一挥而就",并且她的动作显得十分自信洒脱,原文中特意强调,她写完之后是"掷与众人",一个"掷"字就把林黛玉的聪慧、才气与傲气表现得淋漓尽致。

黛玉的聪慧还体现在她拥有超于常人的灵性,这使得她对人的思想层面、抽象意识具有敏锐的觉察力。正是因为这一点,黛玉能迅速地捕捉到宝玉的思想异动,并及时采取行动对宝玉进行干预。第二十二回,宝玉在听完《寄生草》一句"赤条条来去无牵挂"的戏文之后便生出了参禅悟道之意。以当时的观点来看,这种悟道会导致人放弃世俗身份与理想追求,对于一个正处在身心发育期的少年来说,这属于"最能移性"的异端思想。黛玉在看到宝玉所写的偈语之后,敏锐地觉察出宝玉此念,于是立即联合湘云与宝钗采取行动,使得宝玉于参禅的道路上迷途知返。人的思想是更为隐晦的，是更加难以捕捉的，更难的是在捕捉到人的思想后，还能对其施加引导，令其转变，而黛玉做到了，她并未采取好言相劝的方式，而是顺着宝玉的思路，以提问的方式让宝玉明白他所谓的"看破红尘"是浅薄的，于是让宝玉放弃此心此念，从这里可以看出黛玉的聪颖灵慧。

黛玉的灵秀还表现在她重视对精神世界的建构，这使得她脱于世俗。物理空间往往是人心灵空间的折射，黛玉的住处也是黛玉心灵的投影。第四十回，刘姥姥在大观园各处游览时，看到黛玉的房内书卷盈架，案上亦是笔砚皆备。这些让刘姥姥误认为这里是哪位哥儿的书房。当刘姥姥得知这是黛玉的闺房时，不由得惊叹道："这那像个小姐的绣房，竟比那上等的书房还好。"黛玉喜爱读书，这种喜爱不是世俗功名驱动下的喜爱，而是一种自发的、天然的喜爱。书籍会滋养人的心灵。在黛玉的房中不仅有诗书漫卷，还有琴声袅袅。琴在古代是礼仪正乐的代表，也是高雅艺术的符号之一，很多与古琴相关的成语，如"阳春白雪""高山流水"等，凝结着脱离世俗、精神高洁之义。《红楼梦》第八十六回，出现过一长段黛玉对琴事的论述，作者借黛玉之口阐述出古代文人将古琴视为浓缩着高度美学体验的艺术符号。

黛玉道："琴者，禁也。古人制下，原以治身，涵养性情，抑其淫荡，去其奢侈。若要抚琴，必择静室高斋，或在层楼的上头，在林石的里面，或是山巅上，或是水涯上。再遇着那天地清和的时候，风清月朗，焚香静坐，心不外想，气血和平，才能与神合灵，与道合妙。所以古人说'知音难遇'。若无知音，宁可独对着那清风明月，苍松怪石，野猿老鹤，抚弄一番，以寄兴趣，方为不负了这琴。还有一层，又要指法好，取音好。若必要抚琴，先须衣冠整齐，或鹤氅，或深衣，要如古人的像表，那才能称圣人之器，然后盥了手，焚上香，方才将身就在榻边，把琴放在案上，坐在第五徽的地方儿，对着自己的当心，两手方从容抬起，这才心身俱正，还要知道轻重疾徐，卷舒自若，体态尊重方好。"

从黛玉论琴中，我们可以窥见在古代的文化思维里，抚琴是雅事。抚琴作为一件雅事有其特有的仪轨，清幽静朗的外围环境、尚古精妙的指法取音、风流典雅的衣着像表等，皆为抚琴所必备的要素，诸如清供陈设、鹤氅深衣等元素，都是与普通民众的柴米生活有一定距离的，它们代表的是文人阶层的日常审美。负载着修身养性功能的古琴，与之相伴的"松石""猿鹤""焚香"等文化沉淀出来的特定意象符号，代表了文人群体和士大夫阶层。这段论述表明了黛玉的审美品位、文化修养以及对精神世界的追求。通过《红楼梦》中与黛玉相关的情节和表述，我们不难发现，与黛玉相伴的常常是诗、书、琴，这三种文化符号构成了黛玉雅致的日常生活和丰满的精神世界，让黛玉不仅有敏感忧郁的气质，而且具有灵慧高雅的艺术气息。

黛玉的诗人气质

诗是黛玉精神世界的体现，诗也是黛玉以理想主义反映现实的手段。黛玉是花的精魂、诗的化身，她是风流婉丽的，她是哀愁悲凉的，如同花的命运是绽放与凋落，诗人的使命是咏怀与伤情。

如我们上文所说，黛玉的审美品位实际上代表着传统士大夫阶层的人文取向。林黛玉的自尊、敏感、忧郁、灵秀、颖慧等人格特质，以及其文人雅士的审美取向共同构成了她身上独有的诗人气质。黛玉身上的诗人气质并非具象的，而是意象的。

说黛玉的形象是意象式的，是因为她的形象构成是多种传统文人意象的综合。首先，从黛玉的外在形象来看，曹雪芹并没有像刻画宝玉、宝钗那样采取细致如工笔画法一般去描写黛玉外貌的每一个细节，而是着重描写她的眉目，读者心中黛玉的原型是"两弯似蹙非蹙罥烟眉，一双似泣非泣含露目"。从诗人屈原开始，"蛾眉"被视为品性高洁的文人符号，宝玉第一次见到黛玉后，敏锐地抓住了黛玉的核心特征，为她取小字"颦颦"。黛玉的眉是含着情绪的，或者说"蹙眉"就是黛玉，黛玉就是"蹙眉"。其次，黛玉的目是含着泪的，就算是不哭泣时也是"似泣非泣"，这使得她始终是情感情绪的代表，而且她的这一情绪表达行为与娥皇女英泣竹成斑的神话相呼应，更加表现出凄美动人的形象，照应了她为情而生、因情而亡的命运。总之，从黛玉的典型形象建构来说，黛玉是一个情绪丰沛、哀愁忧郁的诗人形象，这种形象是诸如屈原、陶潜、谢朓、陆放翁等诗人意象的集合。

黛玉形象的意象化不仅体现在她的人物外形上，她周围的环境，即她所居住的潇湘馆也是文人意象的体现。原著中的潇湘馆俨然是一个典型的文人居所，这个居所第一次出现在第十七回至十八回，是以贾政和一众清客文人的视角来展现的。

忽抬头看见前面一带粉垣，里面数楹修舍，有千百竿翠竹遮映。众人都道："好个所在！"于是大家进入，只见入门便是曲折游廊，阶下石子漫成甬路。上面小小两三间房舍，一明两暗，里面都是合着地步打就的床几椅案。从里间房内又得一小门，出去则是后院，有大株梨花兼着芭蕉。又有两间小小退步。后院墙下忽开一隙，得泉一派，开沟仅尺许，灌入墙内，绕阶缘屋至前院，盘旋竹下而出。

曲径通幽，清泉绕屋，绿蕉翠竹，真可以用"清雅至极"来概括潇湘馆的环境特点。在潇湘馆的诸多景物中，诸如曲折的游廊、蜿蜒的甬路、一明两暗的房舍等建筑，都反映出宛曲、幽静、含蓄的风格特征，此类特征切合传统文人的审美取向，而自然景物，如翠竹、清泉、芭蕉等也是古典诗词中常见的意象，这些传统意象往往投射出诗人独有的清高、孤傲、哀愁的人格气质。总之，潇湘馆的种种事物符合古代文人的审美，潇湘馆是文人气质的意象集合。贾政看了潇湘馆后，也不禁说道："若能月夜坐此窗下读书，不枉虚生一世。"贾政在《红楼梦》中是儒士大夫的代表，从他的评价中不难看出潇湘馆是文人理想的居住之地，贾政还给出了在这一理想之地上理想化的生活场景。《红楼梦》中，人物的性格特点、价值观投射与所居环境的特点是相契合的，黛玉居潇湘馆也与她身上的文人意象和诗人气质相契合。

黛玉在红楼群芳中是诗人形象的代表。诗是黛玉精神世界的体现，诗也是黛玉以理想主义反映现实的手段。《葬花吟》是黛玉的生命咏叹和理想宣言。"花谢花飞花满天，红消香断有谁怜""一年三百六十日，风刀霜剑严相逼"流露出黛玉对这个世界深刻的个人体悟——青春的孤独、生命的感伤。黛玉的孤独与感伤来源于自我个性的发展与外部环境之间存在着的明显差异，这种差异造成了人生理想和客观现实之间的巨大鸿沟，黛玉"孤高自许，目无下尘"，在他人眼中，她言辞尖刻，难以相处。是改变自己的人格特点，让自己变得圆滑世故去融入现实，还是改变这个扼杀本性、腐朽黑暗的环境？对黛玉来说，这两条出路都无法实现。寄人篱下、伶仃孤弱的黛玉注定是贾府的异类，她十分清醒、深刻地认识到这一点，在《问菊》中她自比菊花，"孤标傲世偕谁隐，一样花开为底迟"，以询问的语气表明自己不甘流于世俗的心性。《葬花吟》中"愿奴胁下生双翼，随花飞到天尽头。天尽头，何处有香丘"，是黛玉对理想世界的期待，她多想飞到天的尽头，那里没有阿谀算计、没有世俗纷扰，她可以在那里达到精神与现实的统一。然而，现实中，黛玉还是无法脱离目前的处境，于是她为自己选择了"质本洁来还洁去，强于污淖陷渠沟"的结局。

黛玉是花的精魂、诗的化身，她是风流婉丽的，她是哀愁悲凉的，如同花的命运是绽放与凋落，诗人的使命是咏怀与伤情。她爱诗、读诗、作诗、联诗、教诗，她悲苦时作诗，她热恋时作诗，直至将死之时，也要焚诗断情。仔细分析下来，黛玉并非一个完美的形象，她的小性儿让与她相处的人时常陷入为难、尴尬的境地，她骨子里的哀愁、孤傲甚至悲观又常常让人"哀其不幸"，黛玉没有宝钗的大度贤惠，又不似湘云的乐观豁达，亦不如探春的爽朗果断，可为什么古往今来有如此多的读者会欣赏并喜爱黛玉这个形象？原因之一恐怕是黛玉身上的缺点——爱哭、小性儿、格格不入等特点，恰恰符合一个诗人的艺术形象。黛玉的死亡也是诗意的退场，我们欣赏黛玉不是以欣赏某个"人"的目光去看待这个形象，而是以欣赏艺术的眼光去看待黛玉这个符号。在我们眼中，黛玉所谓的耍小性儿，不如说是真性情，我们喜欢看一个灵秀思敏的人在面对现实环境和命途多舛中的挣扎、徘徊、思索和坚持，我们在黛玉的身上发现自己的影子和自己期待的样子。这让故事中的形象与读者达到共情，所以，黛玉始终是《红楼梦》的第一女主角，是让我们为之洒泪、为之惋惜的艺术形象。

爱的缘起：
情萌天上，重逢人间

宝黛的前世今生，又何尝不是我们的昨天、今天与明天。情迷一时，红尘漫漫，你可曾想过在命缘的行舟处，有一个渡口，叫重逢。

在广阔无涯的书海里，《红楼梦》是一艘风光无限的画舫，上演着各种悲欢离合。花事登场，花事落幕，人生如梦，为欢几何？大观园中，花光柳影笼罩着亭台楼阁，与湖光山色互相辉映。沁芳桥畔，一对恋人在幽僻处偷偷读着《西厢记》，借着西厢之恋吐露心中之情。贾宝玉与林黛玉演绎了最扣人心弦的爱情，读懂宝黛之爱，或许我们的爱会多一分纯粹。

《红楼梦》的开篇很有意思，随宝玉而来的是一块女娲补天剩下的弃石，它动了"凡心"，想到人间去享受享受富贵。曹雪芹的文笔唯美且传神，一句这石"凡心已炽"，便将红尘中贪图荣华富贵的炽盛凡心勾勒了出来。炽盛，猛烈、旺盛之意，但凡为人，欲望产生时就像沸水一样翻滚。凡人往往深陷在这一条没有航标的河流之中，稍有不慎，欲望就会裹挟了爱情，进而导致我们忘却了爱情本身。宝黛爱情里最难得的是那一份不被世间污染的真挚与纯粹。当你带着绝对世俗的目光寻找伴侣时，这已然与爱情本身背道而驰。当你不再纠结于什么样的爱情值得自己甘之如饴或弃之如履，你已然是这世间诗意的葬花人，有细雨落花的情意，有怜花惜花的慈悲，有花落人去的伤怀，有花开荼蘼的慧觉。

宝黛爱情的缘起是报恩。"无才可去补苍天，枉入红尘若许年。"神瑛侍者在灵河岸边走，觉得一株绛珠仙草很特别，就以甘露浇灌，这就是宝黛的前世缘分。两者皆为灵物，得了浇灌的仙草欠了灵石的一段情缘。为了偿还这份情，绛珠仙草甘愿用一世的眼泪来还报他。前世，神瑛侍者与绛珠仙草，甘露之惠与还泪报恩，天上发生的一切让宝黛的爱情有了命定的缘分。

第三回，在贾府迎接黛玉的聚会上，宝黛二人第一次相见，他们一个是顾盼神飞的贵族少年，一个是袅娜婷婷的娇美少女，二人形貌气质皆是世间翘楚，这不由得让他们彼此打量着对方，只见宝玉：

头上戴着束发嵌宝紫金冠，齐眉勒着二龙抢珠金抹额；穿一件二色金百蝶穿花大红箭袖，束着五彩丝攒花结长穗宫绦，外罩石青起花八团倭缎排穗褂；登着青缎粉底小朝靴。面若中秋之月，色如春晓之花，鬓若刀裁，眉如墨画，面如桃瓣，目若秋波。虽怒时而若笑，即瞋视而有情。项上金螭璎珞，又有一根五色丝绦，系着一块美玉。

再看黛玉：

两弯似蹙非蹙罥烟眉，一双似泣非泣含露目。态生两靥之愁，娇袭一身之病。泪光点点，娇喘微微。闲静时如娇花照水，行动处似弱柳扶风。心较比干多一窍，病如西子胜三分。

爱情的开始，大概就是从带着好奇与欣赏的打量开始的。曹雪芹在这里不遗余力地描写宝黛二人的衣品形貌，于作家而言，这是在为读者精细地建构人物形象，而于故事中的人来说，这是宝黛眼中的彼此。

原著将宝黛的初遇描写得十分动人：

黛玉一见，便吃一大惊，心下想道："好生奇怪，倒像在那里见过一般，何等眼熟到如此！"

宝玉看罢，因笑道："这个妹妹我曾见过的。"贾母笑道："可又是胡说，你又何曾见过他？"宝玉笑道："虽然未曾见过他，然我看着面善，心里就算是旧相识，今日只作远别重逢，亦未为不可。"贾母笑道："更好，更好，若如此，更相和睦了。"

联系《红楼梦》开篇的神话背景，曹公笔下的宝黛初见，既是一见钟情，却又像是久别重逢，神瑛侍者与绛珠仙草，贾宝玉与林黛玉，天上的人跨过迢迢星河，生死轮回，终于在人间有了这场重逢。前世的因缘，今生的羁绊，这带着宿命一般的爱情，起始是如此美丽，对比宝黛爱情的悲剧结局，不得不让人慨叹"人生若只如初见"。原来，爱情之始是一种无法用逻辑阐明的"熟悉感"，正所谓"情不知所起，一往而情深"。

很多恋人之间第一次见面也会有一种似曾相识的熟悉，包括有些朋友之间也会有这种感觉。中国人讲三生，久远的因缘，西方讲灵魂伴侣，双生火焰。抛开这些不讲，人与人之间会有如宝玉和黛玉一样的灵魂深处的共鸣。彼此喜欢的两个人之间是有心灵感应的，心理学将其解释为链状效应，可解开心灵感应的秘密。链状效应是指人们的性格和举动都与周围的环境以及人有密切的关联。现代心理学研究认为，心灵感应有两个意思：一种是预言性，就好比你梦中的现象，出现在了现实之中；另一种是完全吻合，就是你自己都不清楚，为何会对当下的景象或遇到的人，有一种熟悉感。

《红楼梦》的第二十三回"西厢记妙词通戏语 牡丹亭艳曲警芳心"运用了大量富有青春色彩的意象来建构一场"宝黛共读西厢"的感情戏，这场感情戏不是大起大落、轰轰烈烈的，而是细腻的、轻柔的、暧昧的，正所谓"少年思春，少女怀春"。故事里的宝黛读了《西厢记》，自觉"馀香满口"，《红楼梦》的读者在阅读到共读西厢这一情节时，亦觉"馀香满口"。

单从宝玉对黛玉的称谓就可以看出两人之间的因缘。黛玉除了自己的名字，还有两个称谓，一个是"颦颦""颦儿"，还有一个别号"潇湘妃子"。"颦颦"是第三回宝玉初见黛玉时为她起的表字。

宝玉道："《古今人物通考》上说：'西方有石名黛，可代画眉之墨。'况这林妹妹眉尖若蹙，用取这两个字，岂不两妙！"

颦，是用来形容人皱着眉头，悲伤忧愁的样子。黛玉的忧愁从何而来？《红楼梦》第一回中便有交代，原来绛珠仙草后来得换人形，修成女体，因尚未报神瑛侍者的灌溉之恩，故其内心深处萦绕着一段缠绵不尽之意。恩情未报，情缘未了，正是前世的遗憾化为一抹与生俱来的忧愁，才使得颦眉嗟叹成为黛玉的特质。前世为神瑛侍者的宝玉在初见黛玉之时，就敏锐地觉察到这丝跨越天上人间、前世今生的哀愁，便用"颦颦"来称呼黛玉。由此看来，这个称呼也是宝黛因果缘分的体现。

再说林黛玉的别号潇湘妃子，更是巧妙地呼应了还泪报恩的人物命运。传说，舜的妻子娥皇和女英听闻舜帝死去，伤心不已，泪流不止，她们的眼泪洒在竹子上变成斑纹。后来，人们称这种竹子为湘妃竹或潇湘竹。娥皇女英"泣竹成斑"的传说与宝黛前世甘露还泪的情节相似，都是靠眼泪联结的爱情悲剧。潇湘妃子这个别号暗示了宝黛爱情依靠"还泪"展开。

世人总会说：两情若是久长时，岂在朝朝暮暮。却不知，任何关系走到最后，也不过是相识一场。面对聚散离愁的爱情，我们不禁发出这样的疑问：爱究竟是何物？什么样的爱令我们潜伏的缺点暴露张扬？什么样的爱令我们的心灵得以不断升华？什么样的爱令我们超越时空、见证永恒？这也许是一个永恒的话题，我们不需要标准答案，能收获一点启发就不枉费人生之河那短暂的停泊。当你真正意识到从相爱到散场，不过是晨起到黄昏的距离，你的心兴许会变得柔软，你会珍惜有人可待、此情可守的每一个当下。

一部《红楼梦》照进现实生活，愿能在你心间开出一朵明媚的花，生出丝丝暖意。

爱的悸动：
眼前春色梦中人

宝黛二人在这件旁人看来"无用"的事上达成了一致。宝玉是送花入水，花随水流；黛玉是葬花为冢，落红归根。二人选择的方式不同，但本质上皆是爱花惜花的雅行善举。

第二十三回，阳春三月，大观园春色正好，在沁芳闸桥边一棵盛开的桃花树下，宝玉正细细地品读《会真记》，恰好书里书外皆是碧柳飞花。

正看到"落红成阵"，只见一阵风过，把树头上桃花吹下一大半来，落的满身满书满地皆是。宝玉要抖将下来，恐怕脚步践踏了，只得兜了那花瓣，来至池边，抖在池内。那花瓣浮在水面，飘飘荡荡，竟流出沁芳闸去了。

宝玉是一个多情公子，他对世间的万事万物皆怀有怜惜之情，他甚至对渺小的片片落花都会生发出感念之心。怜花惜花的不止宝玉一人，还有另一个葬花痴人，那便是黛玉。还是在这个飞花满天的浪漫场景中，黛玉款款登场了：

肩上担着花锄，锄上挂着花囊，手内拿着花帚。……林黛玉道："撂在水里不好。你看这里的水干净，只一流出去，有人家的地方脏的臭的混倒，仍旧把花糟蹋了。那畸角上我有一个花冢,如今把他扫了,装在这绢袋里,拿土埋上,日久不过随土化了,岂不干净。"

宝黛二人在这件旁人看来"无用"的事上达成了一致。宝玉是送花入水,花随水流;黛玉是葬花为冢,落红归根。二人选择的方式不同,但本质上皆是爱花惜花的雅行善举。

宝玉听了喜不自禁,笑道:"待我放下书,帮你来收拾。"黛玉道:"什么书?"宝玉见问,慌得藏之不迭,便说道:"不过是《中庸》《大学》。"黛玉笑道:"你又在我跟前弄鬼。趁早儿给我瞧,好多着呢。"宝玉道:"好妹妹,若论你,我是不怕的。你看了,好歹别告诉别人去。真真这是好书!你要看了,连饭也不想吃呢。"一面说,一面递了过去。林黛玉把花具且都放下,接书来瞧,从头看去,越看越爱看,不到一顿饭工夫,将十六出俱已看完,自觉辞藻警人,余香满口。虽看完了书,却只管出神,心内还默默记诵。

宝玉笑道:"妹妹,你说好不好?"林黛玉笑道:"果然有趣。"宝玉笑道:"我就是个'多愁多病身',你就是那'倾国倾城貌'。"

这是《西厢记》里张君瑞跟崔莺莺表达爱的一句话。

林黛玉听了,不觉带腮连耳通红,登时直竖起两道似蹙非蹙的眉,瞪了两只似睁非睁的眼,微腮带怒,薄面含嗔,指宝玉道:"你这该死的胡说!好好的把这些淫词艳曲弄了来,还学了这些混话来欺负我,我告诉舅舅舅母去。"说到"欺负"两个字上,早又把眼睛圈儿红了,转身就走。

这是怎么回事?林黛玉明明喜欢,为什么要翻脸比翻书还快?因为她是敏感的人,其实她是怕宝玉看轻了她,认为她是轻浮的人。

所以，我们不仅要理解别人生气背后的原因，而且对待感情切勿太执着。太执着，就难免会痛苦。

宝玉着了急，向前拦住说道："好妹妹，千万饶我这一遭，原是我说错了。若有心欺负你，明儿叫我掉在池子里，教个癞头鼋吞了去，变个大忘八……"说得林黛玉嗤的一声笑了，一面揉着眼睛，一面笑道："一般也唬的这个调儿，还只管胡说。'呸，原来是苗儿不秀，是个银样镴枪头。'"

"银样镴枪头"是《西厢记》里的句子。林黛玉也用了。

爱的牵挂：
情动处暖玉生香

一万句甜言蜜语，都不如"放着，我来"的怜惜与担当。就像宝玉对黛玉，是行动上的宠溺与偏爱，这份呵护胜于一切告白。

彼此深爱时，人会成长得特别快，就如宝玉，本来是个被人照顾的孩子，但他却在日常生活中的方方面面对黛玉呵护备至。第十九回，宝玉担心午饭后躺下的黛玉积食，就想办法和黛玉聊天，体现了宝玉对黛玉因爱而生的"情切切""意绵绵"。

彼时黛玉自在床上歇午，丫鬟们皆出去自便，满屋内静悄悄的。宝玉揭起绣线软帘，进入里间。只见黛玉睡在那里，忙走上来推他道："好妹妹，才吃了饭，又睡觉。"

宝玉觉得吃了饭以后马上睡觉对肠胃不好，黛玉又常常胃疼，所以他就闹她，不让她睡，这里的宝玉既有孩童般的天真活泼，又带着爱人般的体贴。

黛玉见是宝玉，因说道："你且出去逛逛。我前儿闹了一夜，今儿还没有歇过来，浑身酸疼。"宝玉道："酸疼事小，睡出来的病大。我替你解闷儿，混过困去就好了。"……宝玉推他说:"我往那去呢,见了别人就怪腻的。"

当你深爱一个人的时候,对其他人会视而不见,这很像向日葵的花语:入目无他人,四下皆是你,有你时,你是太阳,我目不转睛;无你时,我低头,谁也不见。男人真心爱上一个女人时,他内心往往生出了怜惜感,也许他不会对你有海誓山盟,但是一定会有心动后的付出。对于男人而言,真正的呵护就是:没有那么多大动干戈地"跨越千山万水,为你赴汤蹈火",但一定会在你最需要的时候,为你做许多琐碎贴心的小事。

黛玉听了,嗤的一声笑道:"你既要在这里,那边去老老实实的坐着,咱们说话儿。"宝玉道:"我也歪着。"……宝玉道:"没有枕头,咱们在一个枕头上。"……黛玉听了,睁开眼,起身笑道:"真真你就是我命中的'天魔星'!请枕这一个!"说着,将自己枕的推与宝玉,又起身将自己的再拿了一个来,自己枕了,二人对面倒下。

曹雪芹笔下传神,之前黛玉一直是闭着眼睛的,这是在爱人面前才会有的一份放松、自在与安全感。

这大概就是让我们羡慕的"千年修得共枕眠",宝玉枕着黛玉的枕头,上面还有爱人的气息。

爱,在本质上,其实就是内心的一种"大动"。男人对女人产生爱,是他打心底里对女人心动,而不是表面上的同情。《乱世佳人》里瑞德对郝思嘉的爱令人感动。他对她的心思,完全了解;他把她当作一个风景,来细细观赏;又把她视作珍宝,小心珍藏与呵护。这种爱的本质是尊重和欣赏,将"心动"转化为"想要给予和保护"的行动。世上最浪漫的话,不是我爱你,而是有我在。一万句甜言蜜语,都不如"放着,我来"的怜惜与担当。就像宝玉对黛玉,是行动上的宠溺与偏爱,这份呵护胜于一切告白。

爱的付出：
因情相惜悟成长

可对于林黛玉，他却生怕她伤心，明明自己被打得连床都起不来，却安慰黛玉说自己是装的，你不可认真，这是爱到深处时对所爱之人自然而然的呵护与怜惜。

宝黛爱情的动人之处在于他们由点点滴滴的生活片段所累积出的深情厚谊，他们是青梅竹马的伙伴，是志同道合的挚友，是可为其生亦可为其死的恋人。现代读者去品读宝黛的情感时，更是会慨叹这份感情的珍贵。贾宝玉关心林黛玉，不是觊觎黛玉的美色；黛玉喜欢宝玉，也是出于一颗真心，而非他是荣国府的宝二爷。

第三十四回，贾宝玉被贾政笞挞，重伤在床。面对薛宝钗和林黛玉的探望，宝玉对薛、林二人的态度完全不同。薛宝钗来探望宝玉时，一边规劝宝玉，一边险些落泪，贾宝玉看到宝钗伤心的模样时是这样想的："那一种娇羞怯怯，非可形容得出者，不觉心中大畅，将疼痛早丢在九霄云外"。但当林黛玉来探望时，宝玉的反应截然不同。

宝玉半梦半醒，都不在意。忽又觉有人推他，恍恍惚惚听得有人悲泣之声。宝玉从梦中惊醒，睁眼一看，不是别人，却是林黛玉。

宝玉犹恐是梦，忙又将身子欠起来，向脸上细细一认，只见两个眼睛肿的桃儿一般，满面泪光，不是黛玉，却是那个？……说道："你又做什么跑来！虽说太阳落下去，那地上的馀热未散，走两趟又要受了暑。我虽然捱了打，并不觉疼痛。我这个样儿，只装出来哄他们，好在外头布散与老爷听，其实是假的。你不可认真。"

宝玉这次被贾政打得几乎丢了半条性命，但是他舍不得黛玉伤心，说自己不疼。黛玉明知宝玉如此说是为了宽慰她，便"虽不是嚎啕大哭，然越是这等无声之泣，气噎喉堵，更觉得利害。"

两相对比，一个是暗自庆幸，一个是惺惺相惜。对于薛宝钗，她越伤心，贾宝玉越高兴，因为他觉得自己在对方的心中占据重要位置，便有了一种"获得感"。可对于林黛玉，他却生怕她伤心，明明自己被打得连床都起不来，却安慰黛玉说自己是装的，你不可认真，这是爱到深处时对所爱之人自然而然的呵护与怜惜。

爱的试探：
以真心换真心

爱情里，最怕的就是不敢拿真心来换真心，最神奇的就是以真心换真心。

一对相爱的恋人，哪怕不说话，只是静静地同听一首情歌，感受彼此的呼吸，胸间都会涌现一抹浓情蜜意，如浪漫月色下闪闪起伏的潮水，荡漾着无限的柔情、无尽的爱。当你读到紫鹃骗宝玉的情节，你已然读到《红楼梦》的高潮版了。曹雪芹将宝黛之间的深情描写得淋漓尽致。

第五十七回，"慧紫鹃情辞试宝玉"，讲的是黛玉的贴心侍女紫鹃试探宝玉对黛玉的爱到底有多深。这个情节很感人，不仅写出了宝玉对黛玉的深情，也写出了黛玉与紫鹃的姐妹情。她们是主仆关系，但黛玉对紫鹃以姐妹相待，所以紫鹃诚心实意地为黛玉考虑。紫鹃骗宝玉说黛玉迟早要离开贾府回扬州的。

宝玉听了，便如头顶上响了一个焦雷一般。

宝玉觉得要失去至亲至爱了，他的生命是与黛玉连在一起的，所以他无法接受黛玉的离开，瞬间发了呆病。

晴雯见他呆呆的，一头热汗，满脸紫胀，忙拉他的手,一直到怡红院中。袭人见了这般,慌起来,只说时气所感,热汗被风扑了。无奈宝玉发热事犹小可。更觉两个眼珠儿直直的起来,口角边津液流出,皆不知觉。给他个枕头,他便睡下;扶起他来,他便坐着;倒了茶来,他便吃茶。

黛玉一听李嬷嬷说宝玉不中用了,痛贯心肺。

哇的一声,将腹中之药一概呛出,抖肠搜肺、炽胃扇肝的痛声大嗽了几阵,一时面红发乱,目肿筋浮,喘的抬不起头来。

贾母等人被宝玉的呆症吓到,直到宝玉见到紫鹃后才说出话来,仔细地问了紫鹃,才知道这呆病是因紫鹃说黛玉要回苏州的玩笑话引出来的。紫鹃赶紧安慰劝解宝玉。

又忙笑解释道:"你不用着急。这原是我心里着急,故来试你。"宝玉听了,更又诧异,问道:"你又着什么急?"紫鹃笑道:"你知道,我并不是林家的人,我也和袭人鸳鸯是一伙的,偏把我给了林姑娘使。偏生他又和我极好,比他苏州带来的还好十倍,一时一刻我们两个离不开。我如今心里却愁,他倘或要去了,我必要跟了去的。"

看到这段话很感动,这说明林黛玉对紫鹃以真心换真心,她像宝玉一样,没有上下尊卑的界限,对待自己的丫鬟就像对自己的亲姐妹一样。

宝玉听完紫鹃的解释,说了很重要的一段话:

"从此后再别愁了。我只告诉你一句趸话:活着,咱们一处活着;不活着,咱们一处化灰化烟,如何?"

宝玉和黛玉不仅灵魂契合,生命也是共同体,要存都存,要去都去。我们经常说灵魂伴侣,到了这个高度的时候,两个人就会觉得像一个人。爱情里,最怕的就是不敢拿真心来换真心,最神奇的就是以真心换真心。

爱的信物：
香囊与诗帕

《题帕三绝》

其一

眼空蓄泪泪空垂，暗洒闲抛却为谁？
尺幅鲛绡劳解赠，叫人焉得不伤悲！

其二

抛珠滚玉只偷潸，镇日无心镇日闲；
枕上袖边难拂拭，任他点点与斑斑。

其三

彩线难收面上珠，湘江旧迹已模糊；
窗前亦有千竿竹，不识香痕渍也无？

第十七回至第十八回，宝玉在"大观园试才题对联"时得到了父亲贾政的赞赏，出来时，被几个小厮解了荷包、扇囊等物。

少时袭人倒了茶来，见身边佩物一件无存，因笑道："带的东西又是那起没脸的东西们解了去了。"林黛玉听说，走来瞧瞧，果然一件无存，因向宝玉道："我给的那个荷包也给他们了？你明儿再想我的东西，可不能够了！"

说毕，赌气回房，将前日宝玉所烦他作的那个香袋儿——才做了一半——赌气拿过来就绞。宝玉见他生气，便知不妥，忙赶过来，早剪破了。

宝玉没有解释的机会，忙解开衣服，从里面拿出那个荷包给黛玉瞧。

林黛玉见他如此珍重，带在里面，可知是怕人拿去之意，因此又自悔莽撞，未见皂白，就剪了香袋。因此又愧又气，低头一言不发。

相爱的人只会彼此分享，绝不会给别人分享，黛玉做的荷包是宝玉的珍爱，所以宝玉戴在衣服里面，不想让任何人拿走。学习宝玉怎样爱人，也许我们就知道如何对待在原生家庭中受过伤害的人。每个人的性格都与其家庭背景和成长环境分不开，黛玉因为母亲去世得早，父亲又忙于政务，其实从小很孤独，缺乏安全感，性格会小心翼翼。另外，黛玉的身体不好，造成了她敏感多愁的个性。这两点容易使人变得情绪化，在爱情中有一些杀伤力。

宝玉对黛玉的爱是尊重与珍惜，是理解与懂得，所以他会自然而然地宠溺黛玉。倘若一个男生懂得海涵与包容，而非得理不饶人，女生会在爱情中感受到一份安全。她的任性往往基于两个心理诉求：第一，特别享受你给她的那份独宠与偏爱；第二，需要你不停地按"确认键"，以此证明你真的很爱她。

恋爱中的女生其实很简单，很可爱，有时候如同小孩子一般蛮不讲理。其实一个男生特别爱女生的时候，女生多少会有一点点任性，有的女生可能会恃宠而骄，但大多数女生会因为你的包容和理解，更加爱你，更加珍惜你。一个拥有幸福童年的人长大后一般不会有讨好型人格，由此可见，父母拥有爱的能力，让孩子感受到爱，胜于物质

方面的给予。

宝玉毕竟是个孩子,也会有点小脾气,小委屈,看到黛玉剪了香袋,就说:

"你也不用剪,我知道你是懒待给我东西。我连这荷包奉还,何如?"说着,掷向他怀中便走。黛玉见如此,越发气起来,声咽气堵,又汪汪的滚下泪来,拿起荷包来又剪。宝玉见他如此,忙回身抢住,笑道:"好妹妹,饶了他罢!"黛玉将剪子一摔,拭泪说道:"你不用同我好一阵歹一阵的,要恼,就撂开手。这当了什么!"说着,赌气上床,面向里倒下拭泪。

宝玉舍不得黛玉流泪,所以开始"妹妹"长"妹妹"短赔不是。爱情里,其实是有必杀术的,就是你永远真心实意,眼里只有他,心里只爱他。

黛玉被宝玉缠不过,只得起来道:"你的意思不叫我安生,我就离了你。"说着往外就走。宝玉笑道:"你到那里,我跟到那里。"一面仍拿起荷包来带上。黛玉伸手抢道:"你说不要了,这会子又带上,我也替你怪臊的!"说着,"嗤"的一声又笑了。宝玉道:"好妹妹,明儿另替我作个香袋儿罢。"黛玉道:"那也只瞧我高兴罢了。"

缺乏安全感的女人特别爱一个男人时,她会不停地让对方给她敲"确定键",通过很多事、很多话来试探你对她的爱。如果你理解了这一点,你就会包容她的小脾气。倘若你能在她误会你的时候转移话题,她便容易体会到你的爱。

其实,不管是处理朋友关系、上下级关系,还是对自己的爱人、孩子,一定要得理饶人,一定要有一颗包容的心,要善于保护别人的脸面,护人周全。

爱的插曲：
爱似青梅半含酸

爱情里的吃醋，回味起来如杨梅，酸酸甜甜的。因为爱，所以在乎；因为在乎，所以敏感。

第八回，"探宝钗黛玉半含酸"讲的是宝钗小病，宝玉来探望，黛玉也来了。她一见宝玉就笑着说：

"我来的不巧了！"宝玉等忙起身笑让座，宝钗因笑道："这话怎么说？"黛玉笑道："早知他来，我就不来了。"宝钗道："我更不解这意。"黛玉笑道："要来一群都来，要不来一个也不来；今儿他来了，明儿我再来，如此间错开了来着，岂不天天有人来了？也不至于太冷落，也不至于太热闹了。姐姐如何反不解这意思？"

你细细地品，黛玉太有才气了，吃个醋都和别的女生不一样。恋爱中的女孩看不得自己喜欢的男孩跟别的女孩走得太近，更何况是寄人篱下，在生活和感情上双重缺乏安全感的林黛玉。有的女孩比较敏感，是因为害怕失去，所以敏感；因为需要对方不断确认，所以敏感；因为需要得到重视，所以很敏感；甚至因为太过美好而担心失去，所以敏感。爱她的男孩，自然会像宝玉那样，懂她，包容她，珍惜她。

人与人之间的相处，最重要的就是相互理解和懂得。我们终其一生想要遇见的，不过是一个能够懂自己的灵魂知己。在爱情里，每个人都渴望遇到一个"和自己有心灵感应"的人，就如灵魂伴侣一般，能够懂得彼此的一个眼神、一个动作、一句话语……双方都能够明白彼此心底深处的需求。

两个亲密的人，难免会无端猜忌，这是因为特别在意对方。爱是修行，能够让我们真实地照见自己，知道自己的痛点在哪里。因为希望得到爱，所以会去试着改变，不断地提高自己，完善自己的心智。

当你的修为提高时，你会发现原来所有你爱过或恨过的人，都是来纠正你的毛病的，都是来成就你，让你变得更好。你也会慢慢明白，如果没有磨难，你就不会看破放下，从而渐渐破除我执。这时，你会把心底的怨恨转化成感恩，感恩他们的出现，让你发现一个真实的自己，让你练就遇到任何问题都能具有"行有不得反求诸己"的能力，你开始向内观照、修炼自己的内心，改变自己的言行。

爱的约定：
高山流水，得遇知音

> 林黛玉听了这话，不觉又喜又惊，又悲又叹。所喜者，果然自己眼力不错，素日认他是个知己，果然是个知己。所惊者，他在人前一片私心称扬于我，其亲热厚密，竟不必嫌疑。

著名文学家王蒙先生高度评价宝黛的爱情："中国古典小说中几乎从没有也再没有出现过这样的不同凡俗、超拔于凡俗、实际上比凡俗不知清醒凡几、高明凡几，故而也悲哀得多的知音式的爱情。"宝黛之爱最为令人欣赏的地方，便是爱情中的男女是相知相伴的知己：他们互相明晰对方对自己爱的心意，二人是爱情中的知己；他们彼此皆以富足的精神生活与审美情趣作为人生的慰藉，二人是精神世界中的知己。

前文已经介绍过宝玉不喜入仕为官，也不爱与达官显贵应酬。可身为贾府未来的继承人，宝玉在享受富贵生活的同时，也应该肩负起振兴家族的责任，毕竟贾家已有了式微的迹象，于情于理宝玉皆应该走上所谓的"正途"，这一点就连史湘云这个外人都知道。湘云是一个心直口快、光明磊落的人，第三十二回，她劝宝玉应该"也该常常的会会这些为官做宰的人们，谈谈讲讲些仕途经济的学问，也好将来应酬业务"。这原是劝谏宝玉的好话，可是，"富贵闲人"宝玉却对此不屑一顾，还说黛玉从来不跟他说这些"混账话"。这是宝玉在旁人面前对黛玉的肯定，也是或明或暗地挑明了黛玉在自己心中的位置——林妹妹在我心中是与众不同的，是与我站在同一战线的。不承想，宝玉的这次"公开宣言"被黛玉碰了个正着。这话无疑在黛玉的心中泛起了阵阵涟漪。

林黛玉听了这话，不觉又喜又惊，又悲又叹。所喜者，果然自己眼力不错，素日认他是个知己，果然是个知己。所惊者，他在人前一片私心称扬于我，其亲热厚密，竟不避嫌疑。

通过这段对黛玉心理活动的描写，我们可以知道，原来不仅宝玉早已将黛玉视为知己，黛玉也已"素日认他是个知己"。在黛玉偶然听到宝玉的此番"宣言"之后，紧接着便出现了宝玉对黛玉的告白。

宝玉瞅了半天，方说道"你放心"三个字。林黛玉听了，怔了半天，方说道："我有什么不放心的？我不明白这话。你倒说说怎么放心不放心？"宝玉叹了一口气，问道："你果不明白这话？难道我素日在你身上的心都错用了？连你的意思若体贴不着，就难怪你天天为我生气了。"林黛玉道："果然我不明白放心不放心的话。"宝玉点头叹道："好妹妹，你别哄我。果然不明白这话，不但我素日之意白用了，且连你素日待我之意也都辜负了。你皆因总是不放心的原故，才弄了这一身病。但凡宽慰些，这病也不得一日重似一日。"

古典的浪漫不是"我爱你"，而是一句"你放心"。与封建社会相比，在我们现代社会，"爱"这个词出现的频率大幅度增加，我们太喜欢把"爱"挂在嘴边了，有时，爱的概念似乎被稀释了，"我爱你"是

可以随口而出的一句话。但是，在那个不敢谈爱的年代，未能说出口的那句"我爱你"转化成了"你放心"，它显得那么动人。因为"你放心"是在了解对方的深情与苦楚之后，是在斟酌了又斟酌之后，发自肺腑的一句沉甸甸的告白。接受这段告白的女主角黛玉，被震撼住了。

林黛玉听了这话，如轰雷掣电，细细思之，竟比自己肺腑中掏出来的还觉恳切，竟有万句言语，满心要说，只是半个字也不能吐，却怔怔的望着他。

爱情的开始或许很简单，单纯的爱恋可以始于一次偶然的怦然心动，但爱情中的相互体谅、感同身受却非常难得。有多少人能做到这句"你放心"呢？"你放心"三个字的背后是我了解你的"不放心"，深知你在这段感情中的矛盾、挣扎、内耗，并在感同身受之后，劝慰你放心，因为这一切我都懂得——"懂"比"爱"更重要。

爱的结局：
草木情情，卿卿薄命

众女儿如各色花木一般，是天地之间的灵秀精华。花是美丽的代表，花是多情的代表，然而花也会零落，也终将走向衰亡的命运。

《红楼梦》的一个主题便是展现"千红一窟（哭），万艳同杯（悲）"的女性悲剧，中国红学会常务理事吕启祥女士认为，曹雪芹用"花的意象群"来展现《红楼梦》中女性形象的性格和命运，她在文章中谈及黛玉的艺术形象时曾说："在这美不胜收的花的郊原之上，荟萃了花的精英和寄寓着美的理想，是林黛玉的艺术形象。她自有独步群芳的超越之处，宜乎称之为'花的精魂'。"

清末，西园主人曾在《红楼梦论辩》中以黛玉为基准来评论红楼群芳：处姐妹丛中，宝钗有其艳而不能得其娇；探春有其香而不能得其清；湘云有其俊而不能得其韵；宝琴有其美而不能得其幽；可卿有其媚而不能得其秀；香菱有其意而不能得其文；凤姐有其丽而不能得其雅，泪仙草为前身，群芳所低首也。

西园主人认为黛玉是群芳之冠，这样的评论角度以黛玉作为切入口，既展现了黛玉具有"艳、娇、香、清、俊、韵、美、幽、媚、秀、意、文、丽、雅"等特点，也以全景视角展现了各芳之美，众女儿如各色花木一般，是天地之间的灵秀精华。花是美丽的代表，花是多情的代表，然而花也会零落，也终将走向衰亡的命运。《红楼梦》中多次描写"落红成阵"的景象，美则美矣，细细品来却有一丝悲凉，更何况原著中的"千红一窟""万艳同杯""悼红轩"等带有悲剧意味的语词。红楼众芳的命运，在宝玉神游太虚幻境时所见的"薄命司"已有定论，众芳虽美，奈何皆是薄命的结局。悲剧所悲之处便是美好事物的毁灭。

黛玉的生辰是二月十二日，这一日在古代被称为"花朝"，意为百花生日，无疑，这样巧妙的人物背景设定已经暗示了黛玉是群芳之冠，她是集众芳之美又超越众芳的，而就是这样一个美好的人物也必然要面对"薄命"的悲剧。情榜中，林黛玉被称为"情情"，也就是对自己所爱之人与事用情至深。第二十九回的回目"痴情女情重愈斟情"已经点明了林黛玉痴情女的形象，她是深情的，她是痴情的，她是苦情的，她为情所生，为情所困，为情而亡。黛玉必须面对未嫁而亡的结局，她带着遗憾退场，留下一个"质本洁来还洁去"的倩影，使得两百多年来的《红楼梦》的读者去怜惜她、缅怀她。

第二章 爱的类型

通过了解爱的类型,我们不妨问问自己,我们的爱情和婚姻该以什么方式进行?我解读《红楼梦》的目的是古为今用,为我所用,让我们将人生感受融入对美、对爱的追求中,变成一种生命实践,以此来改善我们的情感与两性关系、改善亲子关系。只有这样,你与爱人、孩子之间的情感联结才会愈来愈紧密。

爱情的四大类型

心灵层面的愉悦,永远超过物质的给予,精神、灵魂的高度永远超越一切外在的高度。

《红楼梦》给读者展示了丰富的爱情类型。

第一种爱是袭人与宝玉的照顾之爱,曹雪芹用了很大的篇幅来写袭人对宝玉的好,当然这里面也有宝玉对袭人的一份关爱。爱一定要有互动,尤其是只具备基本元素的爱,一定要有互动,为什么?因为他们没有精神的交流,所以必须依靠基本的互动来维持,如果没有互动,主动的人往往就会很沮丧、很失望。

曹雪芹浓墨来写,其实就是告诉我们爱的基本元素很重要,当然,这种爱只是一个起点,更好的爱,要在这个基础上继续向上走,走到精神乃至灵魂的层面。

第二种爱是宝钗与宝玉的制度之爱,其实是告诉我们在亲密关系中要避免什么样的坑。宝钗那么好,人人称赞,为什么宝玉最后没有选择她?因为她的爱带着功利心,并不纯粹,这样的人容易失去爱。

第三种爱是宝玉与黛玉的灵魂之爱。他们的爱比前两种爱纯度高,层次高,但是也有问题,相知相爱太深的人,也容易因为执念太深而被情所伤，所以也需要继续升华。

最好的爱是第四种爱，是最完美的爱，是成长之爱，是相爱的两个人能一起成长。钱锺书与杨绛的爱情能代表第四种爱。

通过了解爱的类型，我们不妨问问自己，我们的爱情和婚姻该以什么方式进行？我解读《红楼梦》的目的是古为今用，为我所用，让我们将人生感受融入对美、对爱的追求中，变成一种生命实践，以此来改善我们的情感与两性关系，改善亲子关系。只有这样，你与爱人、孩子之间的情感联结才会愈来愈紧密。

当然，拥有精神高度契合的灵魂之爱，并不容易。首先，亲密关系中要有一个引领者，自己要有精神高度，通过学习提升自己与爱人的爱的能量。清朝词人纳兰容若说："人生若只如初见"，每每读到这一句，便有一份忽至心头的温柔与轻愁。我们一开始都觉得初恋是最美的、最深刻的感情。然而造化弄人，当我们遇到了第二种爱，往往会选择有物质基础的感情，认为它更牢固。直到遇到第三种精神之爱时，才知道一生最刻骨铭心的爱，来自两个灵魂的相互吸引与共振，有了这种爱，可以谢绝世界上任何一种爱，这就说明第三种爱是最动人心魄的。

心灵层面的愉悦，永远超过物质的给予，精神、灵魂的高度永远超越一切外在的高度。无论你是单身，还是正处于一段感情中，若想获得第三种爱，自己首先要变成有内涵的人，先改变自己，以自己越来越好的状态影响爱人，一起成长。引领分两步：第一步，让他真正地感觉到你的改变、你的善良、你的包容以及你对他的爱，这个时候他的心就会贴近你，很爱你。第二步，在这个基础上，你要智慧地引领他，升华彼此的爱，以期早日上升到第三种爱。

宝钗和宝玉：
尊崇礼教的"金玉良缘"

钗黛的合一与对比

宝玉只信"木石前盟"，只认黛玉为知己，宝黛是两情相悦的真正的爱情关系。宝玉欣赏宝钗二人结为夫妻，他们是封建家族推崇的门当户对的金玉良缘，但宝钗始终没有得到宝玉的爱，宝玉和她的婚姻貌合神离。

曹公深爱黛玉和宝钗。第五回"游幻境指迷十二钗"，钗黛共用一首判词，可见在作者的笔下，这两位人物难分伯仲。然而，这两位青春少女却让历代红迷们分为"喜黛"和"喜钗"两大阵营，并一直为"金玉良缘""木石前盟"而争论不休。清末文人邹弢是红学爱好者，他在《三借庐笔谈》中说："己卯春，余与许伯谦论此书，一言不合，遂相龃龉，几挥老拳，而毓仙排解之。于是，两人誓不共谈红楼"。邹弢喜黛，其好友许伯谦喜钗，两人为自己喜欢的女主"几挥老拳"，可见钗黛的魅力在读者心中的地位之重。

黛玉和宝钗尽管有很多相似之处，两人皆容貌端丽、才华出众、都有情于宝玉、都住在贾家，但是，两个人的言行举止、行事风格、价值观却完全不同，尤其是对待爱情的态度。

宝钗跟黛玉是物质与精神、功利与纯粹的对比。宝钗一直希望抓住一些东西，久而久之，她本有的爱就会退居幕后，对一切人、事、物都要权衡利弊；黛玉活得很简单，爱得很纯粹。

和宝玉相爱几乎成为黛玉的全部，宝黛爱情是建立在对生命之美的共同感知上的，黛玉对宝玉的爱是对自我人格的探索与成长。宝钗到京城来是为了备选才人、赞善之职，"近因今上崇诗尚礼，征采才能。"因为选妃迟迟没有进展，宝钗才和宝玉有了感情的联结，宝玉成了宝钗的"备选方案"。尽管如此，但宝钗对宝玉的感情一如她日常的行事风格，是尊崇礼教、恪守伦理原则的，是克制隐忍、听从长辈的。

宝玉只信"木石前盟"，只认黛玉为知己，宝黛是两情相悦的真正的爱情关系。宝玉欣赏宝钗，二人结为夫妻，他们是封建家族推崇的门当户对的金玉良缘，但宝钗始终没有得到宝玉的爱，宝玉和她的婚姻貌合神离。

宝钗的识大体、顾大局

年岁虽大不多，然品格端方，容貌丰美，人多谓黛玉所不及。而且宝钗行为豁达，随分从时，不比黛玉孤高自许，目无下尘。故比黛玉大得下人之心。便是那些小丫头们，亦多喜与宝钗去顽。

宝钗会做人、识大体、顾大局，对人对事都思虑周全，是贾府老少、主仆公认的"好人"。

第五回中这样写宝钗：年岁虽大不多，然品格端方，容貌丰美，人多谓黛玉所不及。而且宝钗行为豁达，随分从时，不比黛玉孤高自许，目无下尘。故比黛玉大得下人之心。便是那些小丫头们，亦多喜与宝钗去顽。但宝玉对这位"好人"只有敬重，没有爱慕。宝玉更喜欢的是喜怒哀乐形于色的真性情。

宝钗日常生活中不太讲话，"不干己事不开口，一问摇头三不知"。人家都觉得她有点笨。可是她只是假装笨而已，这是最厉害的，厉害到风轻云淡，了无痕迹，你根本看不出，这大概就是大智若愚。

第二十二回，"听曲文宝玉悟禅机"讲的是贾母领众人为宝钗庆祝十五岁的生日，点戏时，一定先叫宝钗点。书中写道："宝钗深知贾母年老人，喜热闹戏文，爱吃甜烂之食，便总依贾母往日素喜者说了出来。贾母更加欢悦。"让她点一出戏，她点了一折《西游记》，后来又让她点，她又点了一出《鲁智深醉闹五台山》。惹得从不忍心让女孩子生气的宝玉直抱怨："只好点这些戏。"宝钗不但懂得揣摩老太太的心理，她也有方法让宝玉喜欢这戏。她说，你要说这出戏热闹，那你就是不知戏了。这出戏的节奏韵律都是好的，里面的一支《寄生草》词藻极妙。宝玉就央求："好姐姐，念与我听听。"宝钗便念道："慢揾英雄泪，相离处士家，谢慈悲剃度在莲台下。没缘法转眼分离乍。赤条条来去无牵挂。"宝玉听了，喜的拍膝画圈，称赏不已。

史湘云没有参加海棠诗社的第一次活动。第三十七回，湘云来贾府，见到姐妹们兴致勃勃，便立即表示要"邀一社"。她一贯快人快语，性情豪爽，当时兴之所至，完全忘记了自己从小没了父母，在家只能听叔叔婶子的，花钱根本做不得主。晚上，宝钗和湘云聊及此事，向她说道：

"既开社,便要作东。虽然是顽意儿,也要瞻前顾后,又要自己便宜,又要不得罪了人,然后方大家有趣。你家里你又作不得主,一个月通共那几串钱,你还不够盘缠呢。这会子又干这没要紧的事,你婶子听见了,越发抱怨你了。况且你就都拿出来,做这个东道也是不够。难道为这个家去要不成?还是往这里要呢?"

宝钗的"一席话提醒了湘云,倒踌躇起来"。

宝钗接着马上又为湘云提供了思路,对湘云说:

"这个我已经有个主意。我们当铺里有个伙计,他家田上出的很好的肥螃蟹,前儿送了几斤来。现在这里的人,从老太太起连上园里的人,有多一半都是爱吃螃蟹的。前日姨娘还说要请老太太在园里赏桂花吃螃蟹,因为有事还没有请呢。你如今且把诗社别提起,只管普通一请。等他们散了,咱们有多少诗作不得的……"

宝钗见湘云认可了她的方案,担心湘云会因为自身处境而难过,又安慰湘云:

"我是一片真心为你的话。你千万别多心,想着我小看了你,咱们两个就白好了。你若不多心,我就好叫他们办去的。"

"螃蟹宴"事件是宝钗帮助姐妹们的典型事件之一,她给黛玉送燕窝、给邢岫烟赎回衣服、帮探春管理荣国府,事事体现她的周到、体贴。

宝钗的隐忍

自父亲死后,见哥哥不能依贴母怀,他便不以书字为事,只留心针黹家计等事,好为母亲分忧解劳。

宝钗父亲早亡，哥哥又不懂事，所以她没有足够的安全感，她要通过外在来获得信心，这是她功利心的根源。

童年、少年对人的成长影响很大，好的父母和家庭教育对人的良好性格养成有举足轻重的作用，尤其是在择偶方面。一个人特别崇拜父亲、兄长，他身上会有父兄的影子；一个人特别依恋母亲，他身上会有母亲的烙印。

通常，越不自信的人越难获得真正的爱。第四回，写宝钗"自父亲死后，见哥哥不能依贴母怀，他便不以书字为事，只留心针黹家计等事，好为母亲分忧解劳。"严格来讲，她对宝玉的爱其实本质上不容易看出来。有目的性、功利心的人往往很善于掩饰，浅交时会很惹人喜欢。这样讲宝钗，并不是意味着她不好，我们不作评判，只是客观分析。凡人都喜欢成功，薛宝钗有金锁、有财力雄厚的家庭，因此，她是世俗观念中最适合宝玉的金玉良缘。

但黛玉对生命有更深的体悟。黛玉的世界里只有真爱与真性情，她和宝钗的人生观不一样。宝黛之爱与物质无关，宝玉只信木石前盟。

宝钗很多心事都不直接说，而是很巧妙地暗示。第八回，宝玉去梨香院探望宝钗，宝钗想见识通灵宝玉，看完后对着它的正面口内念道："莫失莫忘，仙寿恒昌。"念了两遍，乃回头向莺儿笑道："你不去倒茶，也在这里发呆作什么？"莺儿本来是正要去给宝玉倒茶的，但因听宝钗念了两遍而停下来了，她肯定在想：姑娘为什么念两遍？这与宝钗的日常行为太不一致了。直到听到宝钗叫自己的名字，莺儿这时候才反应过来了。

莺儿嘻嘻笑道："我听这两句话，倒像和姑娘的项圈上的两句话是一对儿。"

宝钗的这种语言暗示的效果果然很好，成功引起了宝玉对自己项圈的好奇。

宝钗被缠不过，因说道："也是个人给了两句吉利话儿，所以錾上了，叫天天带着；不然，沉甸甸的有什么趣儿。"……宝玉忙托了锁看时，果然一面有四个篆字，两面八字，共成两句吉谶：不离不弃，芳龄永继。

这是宝钗不着痕迹的心机，暗示宝玉，自己才是他的金玉良缘。

宝钗的算计

如果说宝钗鉴赏通灵宝玉这件事是女孩子的羞涩，勉勉强强也说得过去，但"滴翠亭"事件就让很多红迷们对宝钗望而生畏了，尤其让"喜黛"派们触目惊心了。

第二十七回描写了红楼梦的两个经典场景：宝钗扑蝶、黛玉葬花。四月二十六日是芒种节，众姐妹和宝玉都来祭奠花神退位，唯独不见黛玉，于是宝钗自告奋勇去寻黛玉。宝钗在滴翠亭边上遇见了一对飞舞的玉色蝴蝶，忍不住用扇子去追扑彩蝶。追到河边，宝钗无意听到了小红和贾芸的恋情。

宝钗在外面听见这话，心中吃惊，想道："怪道从古至今那些奸淫狗盗的人，心机都不错。这一开了，见我在这里，他们岂不臊了。况才说话的语音，大似宝玉房里红儿的言语。他素昔眼空心大，是个头等刁钻古怪东西。今儿我听了他的短儿，一时人急造反，狗急跳

墙，不但生事，而且我还没趣。如今便赶着躲了，料也躲不及，少不得要使个'金蝉脱壳'的法子。"犹未想完，只听"咯吱"一声，宝钗便故意放重了脚步，笑着叫道："颦儿，我看你往那里藏！"一面说，一面故意往前赶。

宝钗是封建礼法的捍卫者，在她看来，小红和贾芸的爱情是奸淫狗盗。

那亭内的红玉坠儿刚一推窗，只听宝钗如此说着往前赶，两个人都唬怔了。宝钗反向他二人笑道："你们把林姑娘藏在那里了？"坠儿道："何曾见林姑娘了。"宝钗道："我才在河边看着林姑娘在这里蹲着弄水儿的。我要悄悄的唬他一跳，还没有走到跟前，他倒看见我了，朝东一绕就不见了。别是藏在里头了。"一面说，一面故意进去寻了一寻，抽身就走……

这场著名的"公案"，让后世的红迷们争论不休。有的人认为这的确是宝钗心机的体现，她把自己摘得干干净净，还把黛玉拖进了是非中。

宝钗的管理才能

宝钗很有领导者的潜质，她深谙人性，动之以情，晓之以理，说明不守规矩的危害，很快这些人就真的再不赌博和喝酒了。

宝钗其实是很适合仕途的，但在爱情上行不通。第五十六回"敏探春兴利除宿弊　时宝钗小惠全大体"，作者用神来之笔刻画出宝钗的性格特征和管理才能。

宝钗笑道:"……不然,我也不该管这事;你们一般听见,姨娘亲口嘱托我三五回,说大奶奶如今又不得闲儿,别的姑娘又小,托我照看照看。我若不依,分明是叫姨娘操心。你们奶奶又多病多痛,家务也忙。我原是个闲人,便是个街坊邻居,也要帮着些,何况是亲姨娘托我。我免不得去小就大,讲不起众人嫌我。倘或我只顾了小分沽名钓誉,那时酒醉赌博生出事来,我怎么见姨娘?你们那时后悔也迟了,就连你们素日的老脸也都丢了。这些姑娘小姐们,这么一所大花园,都是你们照看,皆因看得你们是三四代的老妈妈,最是循规蹈矩的,原该大家齐心,顾些体统。你们反纵放别人任意吃酒赌博,姨娘听见了,教训一场犹可,倘若被那几个管家娘子听见了,他们也不用回姨娘,竟教导你们一番。你们这年老的反受了年小的教训,虽是他们是管家,管的着你们,何如自己存些体统,他们如何得来作践。所以我如今替你们想出这个额外的进益来,也为大家齐心把这园里周全的谨谨慎慎,使那些有权执事的看见这般严肃谨慎,且不用他们操心,他们心里岂不敬服。也不枉替你们筹画这进益,既能夺他们之权,生你们之利,岂不能行无为之治,分他们之忧,你们去细想想这话。"

宝钗很有领导者的潜质,她深谙人性,动之以情,晓之以理,说明不守规矩的危害,很快这些人就真的再不赌博和喝酒了。

主意其实是探春的,但宝钗却说是自己替大家着想,一下就收服了人心。

家人都欢声鼎沸说:"姑娘说的很是。从此姑娘奶奶只管放心,姑娘奶奶这样疼顾我们,我们再要不体上情,天地也不容了。"

你看,几句话就搞定全场,王熙凤也自叹不如,因为王熙凤不懂恩威并施,不会绵里藏针。

宝钗的愤怒

当我们自私自利、不考虑别人的时候，就如乌云遮住我们心里本有的那份爱。

宝钗"任是无情也动人"，一向温柔端庄，几乎是《红楼梦》中情绪最稳定的人。但是，第三十回，宝玉对宝钗说："怪不得他们拿姐姐比杨妃，原来也体丰怯热。"这一句话让宝钗立即发飙，犀利回击。

宝钗听说，不由的大怒，待要怎样，又不好怎样。回思了一回，脸红起来，便冷笑了两声，说道："我倒像杨妃，只是没一个好哥哥好兄弟可以作得杨国忠的！"……宝玉自知又把话说造次了，当着许多人，更比才在林黛玉跟前更不好意思，便急回身又同别人搭讪去了。

宝钗的一次生气，有很多原因。一个很隐忍的人突然发脾气，一定是被触到了内心深处的一个痛点。宝玉在大庭广众之下讲一个女孩子胖，这很不礼貌。同时，宝钗选秀本来就没被选上，宝玉还提杨妃，这不是戳别人的痛点吗？所以就连薛宝钗这样隐忍的人都忍不了！

曹雪芹下笔真是入木三分。每个人的性格特点通过对话和语言就能体现出来。

我们要有一颗柔软的心，要学会换位思考，懂得尊重别人，关心别人。如此就会减少与父母、孩子、情侣之间的矛盾。

调动一个人的积极性，最有效的办法是调动其自驱力，靠外在的约束和鞭策是不够的。要把他心中的那份对爱和崇高品质的追求与向往调动起来。

林黛玉听见宝玉奚落宝钗，心中着实得意，……便改口笑道："宝姐姐，你听了两出什么戏？"

其实这时黛玉是好意，看宝钗不高兴，想把话题岔开。

宝钗因见林黛玉面上有得意之态，一定是听了宝玉方才奚落之言，遂了他的心愿，忽又见问他这话，便笑道："我看的是李逵骂了宋江，后来又赔不是。"宝玉便笑道："姐姐通今博古，色色都知道，怎么连这一出戏的名字也不知道，就说了这么一串子。这叫《负荆请罪》。"

宝钗看出林黛玉脸上有得意之色，尽管内心的情绪上来了，也能马上收回来，这就是她的厉害之处。林黛玉和她截然不同，情绪是写在脸上的，不会隐忍的，情敌被所爱之人调侃了一顿，那肯定开心，这就是黛玉的风格。

当你发脾气时，如果有觉知力就很容易控制情绪。觉知力表现为我们不带任何情绪地观察事物，往往能让我们像一面镜子一样看到自己的起心动念。当我们能够向挑衅的行为微笑，就能察觉到自己的能力，好好珍惜它，然后持续这样做，就能让念和定帮助我们转移情绪。或者观一下呼吸，或者如树般地安住，情绪便能受控。当情绪一旦不受控的时候，你的理智一定是下降的，智慧一定会消失的，这就会带来冲动的惩罚。

当薛宝钗收回情绪时，她的智慧就上来了。所以她说话就恢复了智慧与犀利。

宝钗笑道："原来这叫作《负荆请罪》！你们通今博古，才知道'负荆请罪'，我不知道什么是'负荆请罪'！"

由此可见宝钗的犀利，她轻描淡写的一句话里藏有刀锋。为什么呢？这是有背景的，宝玉得罪了黛玉，去跟黛玉赔不是，所以一句话直接把宝黛两个都套进来了。

宝钗的真情

宝钗为了点醒黛玉，劝她不要因为读这些书而"移了性情"，要注意分寸，一不能当主业，二不能太过投入。

第四十回，"史太君两宴大观园　金鸳鸯三宣牙牌令"，贾母在大观园里带着大家吃酒行令，黛玉一时着急，引用了"良辰美景奈何天"（出自汤显祖《牡丹亭》）和"纱窗也没有红娘报"（出自王实甫《西厢记》）。《牡丹亭》和《西厢记》都是闺阁禁书，姑娘们偷看这样的禁书，会给自己惹来麻烦。这个"危险的信号"被宝钗默默记下。

第四十二回"蘅芜君兰言解疑癖"，描述的正是宝钗把黛玉叫到蘅芜苑，私下规劝她不要过多地读杂书。

黛玉便同了宝钗，来至蘅芜苑中。进了房，宝钗便坐了笑道："你跪下，我要审你。"黛玉不解何故，因笑道："你瞧宝丫头疯了！审问我什么？"

宝钗把黛玉单独约进房内，"审"的正是黛玉看禁书一事。宝钗为了点醒黛玉，劝她不要因为读这些书而"移了性情"，要注意分寸，一不能当主业，二不能太过投入。黛玉何其聪明，宝钗的一番推心置腹，不但让黛玉"心下暗伏"，而且解除了黛玉埋藏心中多年的"疑癖"，从此不再怀疑宝钗"藏奸"。这一番劝诫之言,被作者称为"兰言"。这件事也被红学研究者公认为"钗黛合一"的开始。

宝钗和宝玉不同的价值观

宝钗的言行准则就是礼教伦理,这是她的价值观,但宝玉对这些却嗤之以鼻,甚至深恶痛绝。

第三十三回"不肖种种大承笞挞",宝玉被父亲狠狠打了一顿,不能下床。第三十四回"情中情因情感妹妹",从宝钗劝宝玉的话语中可以感受到两人完全不同的价值观。

宝钗听说,便知道是怕他多心,用话相拦袭人,因心中暗暗想道:"打的这个形象,疼还顾不过来,还是这样细心,怕得罪了人,可见在我们身上也算是用心了。你既这样用心,何不在外头大事上做工夫,老爷也欢喜了,也不能吃这样亏。但你固然怕我沉心,所以拦袭人的话,难道我就不知我的哥哥素日恣心纵欲,毫无防范的那种心性……"想毕,因笑道:"你们也不必怨这个,怨那个。据我想,到底宝兄弟素日不正,肯和那些人来往,老爷才生气……"

宝钗的言行准则就是礼教伦理,这是她的价值观,但宝玉对这些却嗤之以鼻,甚至深恶痛绝。宝玉是什么态度呢?第三十六回讲得很清楚。

或如宝钗辈有时见机导劝,反生起气来。只说"好好的一个清净洁白女儿,也学的钓名沽誉,入了国贼禄鬼之流。这总是前人无故生事，立言竖辞，原为导后世的须眉浊物。不想我生不幸，亦且琼闺绣阁中亦染此风，真真有负天地钟灵毓秀之德！"

在我看来，按照曹雪芹的写作思路，宝玉是绝对不会选择宝钗的，有据为证。还是第三十六回"绣鸳鸯梦兆绛云轩"，宝钗坐在宝玉床前绣兜肚。

这里宝钗只刚做了两三个花瓣，忽见宝玉在梦中喊骂说："和尚道士的话如何信得？什么是金玉姻缘，我偏说是木石姻缘！"人在梦里的话往往是真心话，所以"薛宝钗听了这话，不觉怔了。"

袭人和宝玉：
无缘有情的姐弟之爱

温柔和顺的袭人

> 枉自温柔和顺，空云似桂如兰；堪羡优伶有福，谁知公子无缘。

袭人是宝玉的丫鬟，姓花，原名珍珠，一开始伺候贾母，又侍奉过湘云。袭人能力出众，得到贾母的赏识并被派去伺候宝玉，后来成为宝玉的大丫鬟。宝玉因她姓花，就用陆游的诗句"花气袭人知昼暖"，为其取名为袭人。

第五回贾宝玉梦游太虚幻境，打开金陵十二钗又副册，第二个人就是袭人，袭人的判词是："枉自温柔和顺，空云似桂如兰；堪羡优伶有福，谁知公子无缘。"判词点明袭人"似桂如兰"的气质、"温柔和顺"的性格，同时预言了袭人与宝玉无缘的结局，袭人最终嫁给优伶琪官（蒋玉菡）的命运。

红学界一直认为"晴为黛影，袭为钗副"，袭人似乎是宝钗的一个"分身"，为人处世如宝钗一样圆融周到，得到了贾府各个阶层的人的喜欢。

袭人对宝玉如姐如母的爱

爱是需要细品的，当你多看对方的优点，多记对方对你的好时，你的心会变得很柔软。

袭人对宝玉很好，《红楼梦》用了很多篇幅来写袭人对宝玉如姐如母一样的关心、照顾、爱护，这种无微不至的温暖也得到了宝玉的回馈，宝玉也常常把好吃的、好用的都单独留给袭人。爱是相互的，尤其是只具备基本元素的爱，没有互动会沮丧，会失望。曹雪芹用浓墨来写日常生活中袭人对宝玉的关爱，其实是告诉世人，日常关爱是爱的基本与必需元素，这只是爱的起点。更好的、更高层级的爱是以此为基础，进而实现精神、灵魂的同频共振。但非常遗憾，红尘中很多男女之爱都停步于基本之爱的层级。

袭人担心宝玉第二天晨起戴玉时会冰了他的脖子，所以睡觉前先把玉拿下来，用她自己的手帕包好，塞在褥子底下，这样第二天戴的时候玉是暖的，这种细心的关爱，非常像姐姐或母亲的爱。现实生活中，当你冬天要入睡时，母亲已为你暖好了被窝；当你写字手冷时，姐姐会毫不犹豫地为你暖手：我们都能从中体会到一份温暖与爱意。当你读《红楼梦》时，不妨观察自己是否能给对方带来这样的爱与暖。

爱是需要细品的，当你多看对方的优点，多记得对方对你的好时，你的心会变得很柔软。第九回"恋风流情友入家塾"，袭人为宝玉收拾好上学用的衣物，嘱咐他不要玩闹，也不要累坏了身体。

袭人说一句，宝玉应一句。袭人又道："大毛衣服我也包好了，交出给小子们去了。学里冷，好歹想着添换，比不得家里有人照顾。

脚炉手炉的炭也交出去了，你可着他们添……"宝玉道："你放心，出外头我自己都会调停的……"

当你读到这些文字时，会不会嘴角浮出笑意，想到母亲、姐姐也曾经这样叮咛我们。也许她们有时不懂我们的世界，但因为爱我们，就絮絮叨叨，这份情在心间流动，让人特别舒服。再看宝玉，他并没有像大多数男生那样不耐烦或者嫌弃女生的唠叨，他像一个乖乖听姐姐教导的小弟弟。这是宝玉回应给袭人的温暖。多少相爱的人们最终不欢而散，都败在了没有互动，没有回应。

袭人的善良

善良，不是高高在上的施舍，而是顾人脸面、护人周全的品质。

第十九回，袭人家境转好，她回家探亲时，母亲哥哥都表达了想赎回袭人的心意，但被袭人坚决拒绝了："权当我死了，再不必起赎我的念头"。袭人母兄也知道贾府待下人："从不曾作践下人，只有恩多咸少的……平常寒薄人家的小姐，也不能那样尊重的。"

还是第十九回，宝玉嫌看戏无聊，临时起意去看回家探亲的袭人，袭人母兄便再无赎人的想法了。

次后忽然宝玉去了，他二人又是那般景况，他母子二人心下更明白了，越发石头落了地，而且是意外之想，彼此放心，再无赎念了。

究竟是"那般景况"让袭人家人有如此"意外之想"？是袭人和宝玉在生活细节上的亲密、默契和信任。袭人把自己最好的东西都拿给宝玉用：

一面说，一面将自己的坐褥拿了铺在一个杌上，宝玉坐了；用自己的脚炉垫了脚；向荷包内取出两个梅花香饼儿来，又将自己的手炉掀开焚上，仍盖好，放与宝玉怀内；然后将自己的茶杯斟了茶，送与宝玉……便拈了几个松子穰，吹去细皮，用手帕托着送与宝玉。

宝玉看见袭人两眼微红，粉光融滑，因悄问袭人："好好的哭什么？"袭人笑道："何尝哭，才迷了眼揉的。"

袭人回来后：

宝玉命取酥酪来，丫鬟们回说："李嬷嬷吃了"。宝玉才要说话，袭人便忙笑道："原来是留的这个，多谢费心。前儿我吃的时候好吃，吃过了好肚子疼，足的吐了才好。他吃了倒好，搁在这里倒白遭塌了。我只想风干栗子吃……你替我剥栗子，我去铺床。"

宝玉听了信以为真，方把酥酪丢开，取栗子来，自向灯前检剥。

这段文字，袭人的周到体贴让人感动。很多人也许不是很喜欢袭人，但我觉得袭人很好。自己伤心了，却不想让宝玉为她难过，讲是迷了眼揉的；李嬷嬷吃了宝玉为她留的点心，她非但没有生气，还帮别人圆话。她为了转移宝玉对这件事的注意力，又哄他去剥栗子给自己吃，真是温顺聪慧。

日本杰出企业家稻盛和夫先生说：一个人最好的福气，是心怀善念。袭人不是众丫鬟中最优秀的，也不是最有能力的，却脱颖而出，是结局最好的。脂砚斋赞她"有始有终"，以"袭卿"称之，曹公更是将当时社会对女性的最高评价"贤"字给了她。这一切的背后，都源于她善良的品格。袭人吸引宝玉的正是她的善良。

所以，我们要在事上炼心，提升自己的觉知力，遇到任何事情都要先观察自己的起心动念，调整自己的心态，保持乐观、积极向上的心态，不要让负面的情绪控制了你。

善良，不是高高在上的施舍，而是顾人脸面、护人周全的品质。这让我想起一个故事。一对爷孙正在家里聊天，听到了敲门声，爷爷打开门看到一个三十多岁的人，他的衣衫有点破烂，那人乞求道："您能不能给我一点钱？我还没有吃饭。"爷爷见状就把他请了进来，先让他喝热水，给他东西吃。

爷爷说："你不能白吃，你帮我做一点事，我再给你一些钱。"那个人开心地答应了。爷爷就把他带到院子里面的柴堆旁，对他说："我正好要把这堆柴火运到东墙那里，你来得正好，你就帮我搬过去，我会付费给你。"

这个人搬完那些柴后，爷爷给了他一些钱，目送他开心地离开。小孙子不解地问道："爷爷，你为什么这么做呢？上周你让另一个人将这些柴从东墙运到西边，为什么要将这些柴搬来搬去呢？"

爷爷不把这个人当乞丐看，他要唤起他沉睡的自尊，所以就让他做事。后来，那个人成功之后专门来感谢这位爷爷，说："我其实去了很多家，有的人会骂我，有的人会以一种不屑的眼神施舍我一点东西。只有您，把我当成一个人看。所以，是您让我觉得不应该放弃自己，最后我终于成功了！"

很多时候，人是被影响的，不是被改变的，只有当自己成为一束光，成为身心健康、充满活力的人，别人才会慕光而来，与你同行。当你能量愈来愈高时，你就会与高能量的人和事产生链接。

泰戈尔的《用生命影响生命》：

把自己活成一道光，

因为你不知道,

谁会借着你的光,

走出了黑暗。

请保持心中的善良,

因为你不知道,

谁会借着你的善良,

走出了绝望。

请保持你心中的信仰,

因为你不知道,

谁会借着你的信仰,

走出了迷茫。

请相信自己的力量,

因为你不知道,

谁会因为相信你,

开始相信了自己。

确定身份的袭人却终究确定不了宝玉的心意

语言是有力量的,所以,我们一定要说美的语言,说真实的语言,说爱的语言。因为语言说不好,就会像刀子一般捅到人的心里头。

袭人有时候也特别可爱，她会想自己的将来，她会去试探宝玉。在爱情关系中，往往付出多一些的那个人会用试探的方式，期望对方说出承诺。还是第十九回，袭人从娘家回来后，乘机劝宝玉收收心，多读书。

又听袭人叹道："只从我来这几年，姊妹们都不得在一处。如今我要回去了，他们又都去了。"

宝玉听这话内有文章，不觉吃一惊，忙丢下栗子，问道："怎么，你如今要回去了？"袭人道："我今儿听见我妈和哥哥商议，教我再耐烦一年，明年他们上来，就赎我出去的呢。"宝玉听了这话，越发怔了……宝玉道："我不叫你去也难。"袭人道："从来没这道理。便是朝廷宫里，也有个定例，或几年一选，几年一入，也没有个长远留下人的理，别说你了！"

宝玉想一想，果然有理。又道："老太太不放你也难。"

袭人又找了要回去的理由。

宝玉听了，思忖半晌，乃说道："依你说，你是去定了？"袭人道："去定了。"宝玉听了，自思道："谁知这样一个人，这样薄情无义。"乃叹道："早知道都是要去的，我就不该弄了来，临了剩我一个孤鬼儿。"说着，便赌气上床睡去了。

读到这里，你就能体会到宝玉的那种深情。他眼里的她们不是丫鬟，是他的姊妹，所以才会这样深情。宝玉跟袭人在一起时，真的像一个孩子！他又舍不得，又没有办法，就跟自己赌气。

袭人不忍心让宝玉难过，所以谎言舍不得继续说下去了。

袭人便笑道："这有什么伤心的，你果然留我，我自然不出去了。……咱们素日好处，再不用说。但今日你安心留我，不在这上头。我另说出两三件事来，你果然依了我，就是你真心留我了，刀搁在脖子上，我也是不出去的了。"

宝玉忙笑道："你说：那几件？我都依你。好姐姐，好亲姐姐，别说两三件，就是两三百件，我也依。只求你们同看着我，守着我，等我有一日化成了飞灰——飞灰还不好，灰还有形有迹，还有知识。——等我化成一股轻烟，风一吹便散了的时候，你们也管不得我。我也顾不得你们了。那时凭我去，我也凭你们爱那里去就去了。"

读到此处，你是否会和我一样感动呢？只有心里很有情义的人，才会说这样的话。曹雪芹的语言是非常美的，如果懂的话，就会很感动。语言是有力量的，所以，我们一定要说美的语言，说真实的语言，说爱的语言。因为语言说不好，就会像刀子一般捅到人的心里头。一个人被刀割伤了，也许过一两个月就结疤愈合了；但如果被语言伤到，也许十年都不得痊愈。俗话说，一言既出，祸福相随，说话岂能不谨慎？

好的话语都有一份善意与真诚。语言最能反映一个人的心性。一个人，如果在"心性"里有了善恶之分、是非之分，那么在现实行动里，就有标尺来衡量自己的言行。这就是为什么夫妻吵架的时候，说一些特别难听的语言，会伤害到彼此的感情。很多夫妻并没有多大的感情问题，就是被不合适的冷言冷语伤了情分。对方从你的言语中看不到你对他的善、诚、爱。

《曾国藩家书》里说了一句耐人寻味的话："唯天下之至诚能胜天下之至伪，唯天下之至拙能胜天下之至巧。"不要小看语言的力量，常说温暖真诚的善语，最后受益的一定是你自己。语言最能暴露一个人的内在，只要你说话，总有人能够轻易地识破你的心里究竟涵养了什么样的见识、思想、观念等。

如果我们拥有面对生命起伏的内在智慧，懂得"尽力、随缘"，也许我们的人生会豁然开朗。对每一件正确的事情,我们都要全力以赴,如果没做成也不用难过,这就叫随缘!你只管去做,结果怎么样,不要太在意。

袭人道:"这是头一件要改的。"宝玉道:"改了,再要说,你就拧嘴。还有什么?"

袭人道:"第二件,你真喜读书也罢,假喜也罢。只是在老爷跟前或在别人跟前,你别只管批驳诮谤,只作出个喜读书的样子来,也教老爷少生些气,在人前也好说嘴。……再不可毁僧谤道,调脂弄粉。还有更要紧的一件,再不许吃人嘴上擦的胭脂了,与那爱红的毛病儿。"宝玉道:"都改,都改。再有什么,快说。"袭人笑道:"再也没有了。只是百事检点些,不任意任情的就是了。你若果都依了,便拿八人轿也抬不出我去了。"宝玉笑道:"你在这里长远了,不怕没八人轿你坐。"袭人冷笑道:"这我可不希罕的。有那个福气,没有那个道理。纵坐了,也没甚趣。"

这里面有试探,有承诺,有真情,有呼应,但细读过来,并不像平等的夫妻对话。虽然宝玉从来没拿袭人当下人看,但由于环境与两人精神高度的不同,他们更似姐弟,不像爱侣。虽然宝玉也承诺给袭人八人轿来娶她,但这段文字总有些许心酸。

第三十六回,王夫人决定让袭人做宝玉的侍妾,宝玉很欢喜,心里的石头落了地,他舍不得袭人离开,舍不得这些妹妹们离开。

宝玉喜不自禁,又向他笑道:"我可看你回家去不去了!……从今以后,我可看谁敢来叫你去。"袭人听了,便冷笑道:"你倒别这么说。从此以后我是太太的人了,我要走连你也不必告诉,只回了太太就走。"宝玉笑道:"就便算我不好,你回了太太竟去了,叫别人听见说我不好,你去了你也没意思。"袭人笑道:"有什么没意思,难道作了强盗贼，我也跟着罢。再不然，还有一个死呢。人活百岁，横竖要死，这一口气不在，听不见看不见就罢了。"

宝玉听见这话，便忙握他的嘴，说道："罢，罢，罢，不用说这些话了。"

这段对话暗示了两人三观的不一致，宝玉讨厌礼法、儒家，不愿求取功名。但袭人却说我现在算你的人了，可是我如果跟了一个强盗、一个贼，难道也跟到底吗？意思是说你还是要学好，要上进。宝玉心很软，不愿意让别人难过，当然，他和袭人也没有深层精神上的沟通，他的潜意识里其实没有认定袭人是他真正的伴侣，他的伴侣只有黛玉，因为和黛玉在一起，他的心才是舒展的。

晴雯和宝玉：
纯真的意气相投

她对宝玉从不谄媚逢迎、屈膝顺从，她心灵手巧、勇敢果决、眼里容不得沙子，她这些与众不同的性格特征，被宝玉特别看重。因此，他们最为心意相通、意气相投，宝玉视她为心腹丫鬟。

宝玉梦游幻境，看到居"金陵十二钗又副册"之首的晴雯的判词：

霁月难逢，彩云易散。心比天高，身为下贱。风流灵巧招人怨。寿夭多因毁谤生，多情公子空牵念。

晴雯判词中的"霁"，意为雨后或雪后转晴。此时的云彩虽然很美，但"易散"，暗示她心比天高、纯真无瑕、刚烈叛逆的性格，终究因为生得风流灵巧而遭人怨恨诽谤，最终被王夫人赶出贾府，香消玉殒，只落得多情公子宝玉的"空牵念"。

"晴为黛影"，晴雯作为宝玉贴身四个大丫鬟之一，是最懂宝玉的。她内心并没有把自己和宝玉的关系当成主仆关系，在精神上平视宝玉，她对宝玉从不谄媚逢迎、屈膝顺从，她心灵手巧、勇敢果决、眼里容不得沙子，她这些与众不同的性格特征，被宝玉特别看重。因此，他们最为心意相通、意气相投，宝玉视她为心腹丫鬟。

《红楼梦》的本质是悲剧，在现存前八十回原稿中，晴雯是为数不多的由作者亲自写完其命运结局的红楼人物，曹公为其在第七十八回撰写了祭文《芙蓉女儿诔》，赞她"其为质则金玉不足喻其贵，其为性则冰雪不足喻其洁，其为神则星日不足喻其精，其为貌则花月不足喻其色"。可见作者对晴雯的喜爱，认为晴雯的品格可与世间美物媲美。

晴雯在《红楼梦》中留下的经典事件和场景比较多。第三十一回"撕扇子作千金一笑"，晴雯因与宝玉吵架而生气，宝玉为了哄晴雯，也为了给晴雯道歉，拿来很多扇子让晴雯撕，体现了晴雯内心并没有把自己和宝玉的关系当成主仆关系，在精神上平视宝玉，将宝玉视为朋友。第七十四回"惑奸谗抄检大观园"，王善保家的等人来怡红院时，"只见晴雯挽着头发闯进来，豁啷一声将箱子掀开，两手捉着底子朝天，往地下尽情一倒，将所有之物尽都倒出"，刚烈的晴雯用自己的行动表达了不满。第七十七回"俏丫鬟抱屈夭风流"，宝玉悄悄去看望病重的晴雯，晴雯很感动。晴雯想到素日与宝玉干干净净的情感，枉担了"狐狸精"的虚名，于是"将左手上两根葱管一般的指甲齐根铰下；又伸手向被内将贴身穿着的一件旧红绫袄脱下"，都交给宝玉，这悲凉决绝的抗争是晴雯最后的勇敢。

最能体现晴雯对宝玉一片真心的是第五十二回，"勇晴雯病补雀金裘"，宝玉穿着老太太给的雀金裘去参加舅舅的寿宴，这件裘是俄罗斯进口的，非常珍贵。但不巧的是，衣服后襟被烧了个指头大小的洞。宝玉很着急，如果被太太、老太太发现，就会因不珍惜长辈送的东西而被视为不孝。雀金裘工艺复杂，没有一个丫鬟会缝补。病中的晴雯不顾自己难受，强撑着起来要给宝玉织补。

宝玉忙道："这如何使得！才好了些，如何做得活。"

晴雯道："不用你蝎蝎螫螫的。我自知道。"一面说，一面坐起来，挽了一挽头发，披了衣裳，只觉头重身轻，满眼金星乱迸，实实撑不住。若不做，又怕宝玉着急，少不得狠命咬牙捱着。便命麝月只帮着拈线。晴雯先拿了一根比一比，笑道："这虽不很像，若补上，也不很显。"宝玉道："这就很好，那里又找俄罗斯国的裁缝去。"……织补两针，又端详端详。无奈头晕眼黑，气喘神虚，补不上三五针，便伏在枕上歇一会。

宝玉在旁，一时又问："吃些滚水不吃？"一时又命："歇一歇。"一时又拿一件灰鼠斗篷替他披在背上，一时又命拿个拐枕与他靠着。急的晴雯央道："小祖宗！你只管睡罢。再熬上半夜，明儿把眼睛抠搂了，怎么处！"……

一时只听自鸣钟已敲了四下，刚刚补完；又用小牙刷慢慢的剔出绒毛来。……晴雯已嗽了几阵，好容易补完了，说了一声："补虽补了，到底不像，我也再不能了！"嗳哟了一声，便身不由主倒下了。

从掌灯入夜到晨曦初现，病晴雯就这样在烛光下一针一线地织补了一夜。补雀金裘不仅展示了晴雯女红在贾府的绝对地位，也证实了晴雯对宝玉至真至纯的情感。

像晴雯这样的聪明人，如果不刻意训练自己的觉知力，就容易滋长傲气，日常言行会有恃无恐。晴雯的直与真就藏着一份傲，不但体现在为人处世上，而且体现在对宝玉的感情上，更直接，更干脆，很多时候连黛玉的婉转也没有。

心太直、情太真的晴雯予我们最大的启示是：为人既要真诚直率，又不可缺少智慧，否则最终会伤害到自己。慈悲和智慧，是我们一辈子要学习的功课，慈悲与智慧就像鸟儿的一双翅膀，两者不可或缺。

妙玉对宝玉：
不空的槛外人

妙玉对宝玉那一丝"云空未必空"的情感，含有喜欢与欣赏，宝玉心灵深处的平等、民主、博爱，契合她的思想。因此，妙玉视宝玉为知己。

黛玉、晴雯、妙玉的性格有些相似，都有一份独特的孤傲。

妙玉的判词是："欲洁何曾洁，云空未必空。可怜金玉质，终陷淖泥中。"妙玉原本是富家女，长得很美，琴棋书画都很有造诣，有一种天生孤傲、自恋、高洁的气质，基本上没有什么人能让她青眼有加，她对贾母的态度既保持了大家庭的礼节，又保持了一定的距离，她说黛玉是俗人，将刘姥姥用过的杯子直接扔掉……她如此过分的高傲，让很多人对她敬而远之。

傲慢的本质也许是自卑，怕别人看不起。妙玉骨子里的自卑源于缺乏安全感，来自寄人篱下的身份，所以她和黛玉一样，想用厚厚的壳来保护自己，以掩饰内心的脆弱。妙玉对宝玉那一丝"云空未必空"的情感，含有喜欢与欣赏，宝玉心灵深处的平等、民主、博爱，契合她的思想。因此，妙玉视宝玉为知己。对她而言，宝玉是黑夜的一束光，能给她带来希望和温暖。

第四十一回"栊翠庵茶品梅花雪"，贾母携刘姥姥等人来栊翠庵喝茶。妙玉伺候贾母饮茶后，便拉了拉宝钗和黛玉的衣襟，请她们进入室内喝体己茶，宝玉看见了，于是偷偷跟着去了。妙玉给宝钗和黛玉用的茶杯都很别致，但却"仍将前番自己常日吃茶的那只绿玉斗来斟与宝玉"，她的这一行为值得推敲。她是有深度洁癖的人，将刘姥姥用过的茶具扔掉，同意宝玉叫几个小幺儿去河里打几桶水来洗地，但她居然将自己日常用的茶杯给宝玉喝茶，可见她对宝玉的情感。妙玉明明喜欢宝玉，但必须将这样的情感隐藏起来。也许她更喜欢宝玉一人来喝茶，但因为她的孤傲，容不得别人的拒绝，所以她说宝玉是托钗黛的福。

妙玉正色道："你这遭吃的茶是托他两个福，独你来了，我是不给你吃的。"宝玉笑道："我深知道的，我也不领你的情，只谢他二人便是了。"妙玉听了，方说："这话明白。"

妙玉最后被匪徒掳去，鲜活美丽的少女被摧残，这无疑是一场悲剧。妙玉行走世间全凭本心，毫不掩饰。只是，她的内心非常矛盾，这位"槛外人"渴望槛内的情感，却又不能坦然地融入槛内。人生处处皆道场，她的清高和傲慢，让她和现实世界对立起来，这恰恰又影响"槛外人"的道心，让她最终遭到现实的反噬。

像妙玉一样孤傲的女子，只有心量广大，才能修炼出包容的心、开放的心；只有看清自己，才能觉知内在是否有未曾协调的东西；只有通过修习爱的知觉力，增强直面创伤、拥抱痛苦的能力，才能不再因曾经的痛苦而持续受苦。

贾雨村和娇杏：
偶然一眼的姻缘

> 他们的婚姻缘起于娇杏对他的深情一望，落魄的贾雨村觉得这一眼如同高悬天际的明月，让他无法忘记。

第一回"贾雨村风尘怀闺秀"，娇杏只是甄府的普通丫鬟，贾雨村是寄居在甄士隐府邸附近寺庙中的落魄书生，穷得连赶考的路费都拿不出来。中秋节，贾雨村受邀来甄府做客。

这里雨村且翻弄书籍解闷。忽听得窗外有女子嗽声，雨村遂起身往窗外一看，原来是一个丫鬟，在那里撷花，生得仪容不俗，眉目清明，虽无十分姿色，却亦有动人之处，雨村不觉看呆了。

这个丫鬟就是娇杏。

这丫鬟忙转身回避，心下乃想："这人生的这样雄壮，却又这样褴褛，想他定是我家主人常说的什么贾雨村了，每有意帮助周济，只是没甚机会。……怪道又说他必非久困之人。"如此想来，不免又回头两次。

雨村见他回了头，便自为这女子心中有意于他，便狂喜不尽，自为此女子必是个巨眼英雄，风尘中之知己也。

人在穷困潦倒的时候，往往特别需要得到他人的肯定、安慰与鼓励，这能对他们产生很大的激励。贾雨村正是在落魄的时候记住了娇杏看向他时眼神里的赞许与肯定，从而记住了这个丫鬟。

后来，甄士隐的爱女甄英莲在元宵节走失，两个月后甄府被烧毁。没多久，甄士隐顿悟《好了歌》，跟着疯道人飘飘而去，只留下娇杏等丫鬟陪着娘子在娘家封府生活。本来她们以为自己的日子永远如此，但是意外偶然到来了。这一日，娇杏等人在门口做活，正好新上任的太爷到了。那个新任太爷，看着十分面熟，似乎在哪里见过。不过，娇杏也没有多想。她根本没想到，这个太爷，就是当年她多看了几眼的贾雨村。第二回，贾雨村就让人将娇杏接到府里。

至次日，早有雨村遣人送了两封银子、四匹锦缎，答谢甄家娘子；又寄一封密书与封肃，转托问甄家娘子要那娇杏作二房。封肃喜的屁滚尿流，巴不得去奉承，便在女儿前一力撺掇成了，乘夜只用一乘小轿，便把娇杏送进去了。雨村欢喜，自不必说，乃封百金赠封肃，外送甄家娘子许多物事，令其好生养赡，以待寻访女儿下落。……

却说娇杏这丫鬟，便是那年回顾雨村者。因偶然一顾，便弄出这段事来，亦是自己意想不到之奇缘。谁想他命运两济，不承望自到雨村身边，只一年便生了一子；又半载，雨村嫡妻忽染疾下世，雨村便将他扶侧作正室夫人了。正是：

偶因一着错，便为人上人。

看到这里，很多人难免认为这只是命运的偶然性，甚至把它归结为前世姻缘一线牵之类的玄妙偶然性。实际上，这种看似偶然的事件中，也暗含着必然的因素。在古代，一个女子反复回头看一个陌生男子，那不正是有情的表现吗？偶然的核心是多年以后的贾雨村依然对

这个丫鬟有情。

大家肯定认为娇杏的命挺好的，认为娇杏眼光不错，看上了一只潜力股。就如曹雪芹书中所讲："偶因一着错（古代礼法不允许女子私顾外人），便为人上人（由奴婢做了夫人）。"其实不然，"每有意帮助周济，只是没甚机会"，这虽然是娇杏主人甄士隐想周济贾雨村，但也可以理解为娇杏跟着主人对贾雨村上了心，这是娇杏的一份善良与同理心。

他们的婚姻缘起于娇杏对他的深情一望，落魄的贾雨村觉得这一眼如同高悬天际的明月，让他无法忘记。

太多的人喜欢锦上添花，如果你平常只做锦上添花，那么当你落魄的时候，就别指望别人对你伸出援助之手。人的一辈子注定要经历无数风雨，每个人的成长都离不开别人的帮助，因为有患难与共的朋友，我们的生命之旅才能彼此温暖，走得更远。

庄子云：肉眼为障，慧眼为智。每个人都有两只眼睛，肉眼能够看到这个世界的外相，是人生接收信息的主要来源；慧眼可以看懂很多假象，不会被表面的一些东西所蒙蔽。具有慧眼的人细致聪颖，很喜欢去观察生活和爱情，拥有同理心，能够感受到别人的所需所想，能给予恋人恰到好处的温柔。

如果一个人缺乏用慧眼审视人或事的能力，在情绪的干扰下，肉眼所接收的信息都会逐渐演变成错误的妄念，妄念是伤害自己的根本。当我们身边的一些人有困难时，或许我们帮不了太多，但一个微笑，一次慈悲的倾听，也许就会带给一个人莫大的安慰，让人获得重生的勇气。

贾瑞与凤姐：
贪恋与欲望的悲剧

欲是贪婪，让人丧失理智，让人沉沦。爱是欣赏，是懂得，是让人珍惜，是催人奋进，是欢喜之力。

第十一回、第十二回，《红楼梦》集中描写了一个典型的悲剧人物——贾瑞，他被情欲驱使，贪恋上王熙凤，最终一步步走向死亡。

第十一回"见熙凤贾瑞起淫心"，贾瑞自觉身份卑微，于是抓住机会向王熙凤战战兢兢、小心翼翼地表明心意。如果王熙凤心地良善，一开始就严厉拒绝，贾瑞自会断了念头。但王熙凤却觉得贾瑞对她的单相思是对她的污辱，故意假以颜色，诱惑贾瑞，可见其心肠歹毒。

凤姐儿是个聪明人，见他这个光景，如何不猜透八九分呢，因向贾瑞假意含笑道："怨不得你哥哥时常提你，说你很好。今日见了，听你说这几句话儿，就知道你是个聪明和气的人了。这会子我要到太太们那里去，不得和你说话儿，等闲了咱们再说话儿罢。"贾瑞道："我要到嫂子家里去请安，又恐怕嫂子年轻，不肯轻易见人。"凤姐儿假意笑道："一家子骨肉，说什么年轻不年轻的话。"贾瑞听了这话，再不想到今日得这个奇遇，那神情光景亦发不堪难看了。凤姐儿说道："你快入席去罢，仔细他们拿住罚你酒。"贾瑞听了，身上已木了半边，慢慢的一面走着，一面回过头来看。凤姐儿故意的把脚步放迟了些儿，见他去远了，心里暗忖道："这才是知人知面不知心呢，那里有这样禽兽样的人呢。他如果如此，几时叫他死在我的手里，他才知道我的手段！"

第十二回"王熙凤毒设相思局"，她联合贾蓉、贾蔷设计连环圈套，被欲望蒙蔽的贾瑞愚蠢地落入她的算计，大病一场，身心俱毁，发展到后来竟然"满口乱说胡话，惊怖异常"。这时，有一个道士携风月宝鉴前来相救。这风月宝鉴是两面皆可照人的宝镜，这宝镜的来历也并不一般，"这物出自太虚幻境空灵殿上，警幻仙子所制，专治邪思妄动之症，有济世保生之功"。道士再三叮嘱贾瑞，只可照镜子的背面，不可照镜子的正面。然而，贾瑞并未遵照道士的嘱托。

贾瑞收了镜子，想道："这道士倒有意思，我何不照一照试试。"想毕，拿起"风月鉴"来，向反面一照，只见一个骷髅立在里面，唬得贾瑞连忙掩了，骂："道士混帐，如何吓我！——我倒再照正面是什么。"想着，又将正面一照，只见凤姐站在里面招手叫他。贾瑞心中一喜，荡悠悠的觉得进了镜子，与凤姐云雨一番，凤姐仍送他出来。到了床上，嗳哟了一声，一睁眼，镜子从手里掉过来，仍是反面立着一个骷髅。贾瑞自觉汗津津的，底下已遗了一滩精。心中到底不足，又翻过正面来，只见凤姐还招手叫他，他又进去。如此三四次。到了这次，刚要出镜子来，只见两个人走来，拿铁锁把他套住，拉了就走。贾瑞叫道："让我拿了镜子再走。"——只说了这句，就再不能说话了。

贾瑞就这样因贪欲而丢了性命。

贾瑞对王熙凤的单相思是一场悲剧，细心的读者能从中得到启发和借鉴，从而避免在爱情关系中掉坑。其中最大的一个坑就是欲望之坑，当欲望的对象是一个品性不端的人，那么大概率就会损失很大，失去时间，失去爱的能力，甚至像贾瑞这样失去生命。

也许，对贾瑞而言，他认为自己与王熙凤纠缠是爱情。但我认为这不是爱，只是他的情欲，与爱无关。欲如大海，无边无际，无论是淫欲、情欲、物欲，均是如此。被欲望控制的人，一旦沉沦不出，即使善水者也必溺于欲望之海，多少有为青年被它所毁。过度的淫欲让人失去廉耻，做出违背法律、道德之事，身体受损，意志颓废；坠入情欲，只爱美人不爱江山，最终导致身败名裂；陷入物欲，铤而走险，最终受到法律制裁，断送一生。

在智者眼里：欲是毁灭，爱是重生。欲是贪婪，让人丧失理智，让人沉沦。爱是欣赏，是懂得，是让人珍惜，是催人奋进，是欢喜之力。

没有智慧的人会和贾瑞一样，只看"风月宝鉴"的正面，绝不可能想到去看它的背面。从这一意义上说，贾瑞的悲剧就不只是他一个人的悲剧了，这大概也是曹雪芹用两个回目来写贾瑞的真实意图所在。

那么，如何才能跳出欲望之海？

首先，最重要的就是立志，立大志，立长志。诚如："志不立，天下无可成之事。""有志者，事竟成，破釜沉舟，百二秦关终属楚。"立志须坚，如《论语·子罕》所言："三军可夺帅也，匹夫不可夺志也。"一个人最好立大志，有大目标。张载的"横渠四句"概括了中国文人的大格局："为天地立心，为生民立命，为往圣继绝学，为万世开太平。"一个人有了大格局，有了家国情怀，懂得报恩，父母、民众、社会、国家之恩要回报，就一定不会被欲望束缚。

欲与爱其实是此消彼长的。当你通过立志，懂得真正的爱，一切美好的爱必能升华自己和他人，从而得到欢喜与幸福。但单纯的情欲只会给人带来不幸。当你把对欲望的执着从心底"断舍离"时，爱的阳光自然能照进你的心田，滋养你的灵魂。

其次，要自律，要训练控制力，要决绝地与往昔的种种恶习一刀两断，远离色情，做到不看、不听、不思、不想，一旦想到就转移到学习、工作、思考等有意义的事情上，如此慢慢地重铸自我，就能走出欲海，实现人生价值。

贾琏与王熙凤：女强人的婚姻启示

贾琏确实不是一个好丈夫，但凤姐在情感关系里极端的控制欲，也是导致夫妻俩渐行渐远、最终反目的因素之一。

在《红楼梦》这部博大精深的古典文学巨著中，贾琏与王熙凤的爱情故事，不仅是一段情感的纠葛，而且对现代人的婚恋关系有深刻启示。他们的爱情经历了从热烈到冷漠、从亲密到疏远的转变，这种转变背后隐藏着深刻的心理和社会因素。

王熙凤外貌美艳，八面玲珑，协理宁国府，打理荣国府，表现出卓越的管理能力和治家手段，真正体现了"金紫万千谁治国，裙钗一二可齐家"。但凤姐的强悍与眼泪相伴，她不仅背负着"拈酸、毒辣"等恶名，也吞咽、咀嚼着自己酿成的苦果。酸凤姐、凤辣子，两种滋味融合成一位女强人的辛酸，隐含了作者对男权社会的批判与反思。第十二回"王熙凤毒设相思局，贾天祥正照风月鉴"中的一句脂评"所谓好知青冢骷髅骨，就是红楼掩面人"，是对书中人物命运的一种隐喻和预言，体现了作者对人生、爱情和命运的深刻思考。

在贾府的几对夫妻中，贾赦和邢夫人貌合神离，邢夫人纵容贾赦的"好色、胡来"。贾政与王夫人相敬如宾，但"打发贾政安歇"都是赵姨娘。贾珍与尤氏同床异梦，尤氏软弱，对贾珍"追欢买笑"无真情。相对而言，贾琏和凤姐最初的婚姻堪称琴瑟和鸣。第七回中曾含蓄地写出了两人的白日柔情，第十三回、第十四回写了凤姐对远行的贾琏的牵挂，第十六回写了凤姐看到贾琏归家后的喜悦娇俏，第二十三回暗写了夫妻二人的闺房之趣，这些都是婚姻关系和谐健康的体现。

那么，到底是什么让凤姐和贾琏的感情日渐疏远？很多人将责任单纯地归咎于风流成性的贾琏。确实，他的三次出轨，一次比一次胆大妄为。第二十一回，因巧姐生病暂住外边而出轨多姑娘；第四十四回，凤姐过生日当天出轨鲍二家的；第六十四回、第六十五回凤姐小产养病，他不顾国孝、家孝，偷偷和尤二姐在小花枝巷成亲。

但细细分析，这场失败的婚姻，凤姐就是纯粹的受害者吗？贾琏确实不是一个好丈夫，但凤姐在情感关系里极端的控制欲，也是导致夫妻俩渐行渐远、最终反目的因素之一。王熙凤有以下四个显著的性格特征，这些都不符合当时社会对女性的期待。王熙凤的性格和行为虽然在一定程度上帮助她获得了权力和地位，但她的狠毒和贪婪，导致了个人悲剧和当时家族及社会对她的排斥。因此，王熙凤的婚姻注定走向悲剧。

第一，独立与强势：王熙凤在爱情和家庭中表现出极强的独立性和控制欲。她不满足于传统女性的角色，而是积极争取家庭中的权力，这在当时的社会背景下显得尤为突出。

第二，忠诚与嫉妒：王熙凤对丈夫贾琏有深厚的感情，但同时也是一个嫉妒心极强的人。她无法容忍贾琏的不忠和纳妾，会采取极端手段来维护自己的婚姻和家庭地位。

第三，聪明与狠辣：在处理家庭和爱情问题时，王熙凤展现了女强人的才智和手段，但这些手段有时也显得狠辣和歹毒。

第四，情感与理性：尽管王熙凤在爱情中有很深的投入，但她在处理问题时往往更加理性和冷静。她能够把个人情感置于一边，以更加务实的态度来维护自己的利益。

由于妻子的强势和能干，贾琏在家庭中的地位相对较低，在凤姐面前常感到窒息和无力，他的意见和建议往往被凤姐忽视，甚至在家庭决策中被排除在外。面对王熙凤的控制，贾琏内心渴望获得自由和尊重。他试图通过在外面寻找慰藉来逃避王熙凤的束缚，这种行为必然会加剧夫妻间的矛盾，进一步破坏了夫妻关系的稳定，也反映了他在王熙凤强势阴影下的无力感和自我价值的缺失。最终，忠诚与信任的瓦解导致了他们关系破裂，这种关系的破裂不仅影响了两人的情感，也对贾府的和谐产生了负面影响。随着贾府被查，王熙凤手里的命案被查出来，贾琏才知道自己的枕边人竟然有如此歹毒的心肠，早已和王熙凤没有感情的他，自然会彻底放弃王熙凤。贾琏夫妻关系从开始到结束的走向，正应了王熙凤判词中的"一从二令三人木，哭向金陵事更哀"。

女人再漂亮，只要心里有恐惧、焦虑、控制的情绪，其魅力值就会下滑。凤姐的婚姻提醒我们，在感情世界里，平等和尊重是不可或缺的，只有这样才能达成两人之间真正的理解和共鸣。夫妻之间，任何一方的过度控制欲都会导致情感关系的破裂，加速爱情之花的枯萎。

真正具有智慧的女人懂得以柔克刚，能够与人和谐相处，能适应不同的环境和人际关系，也能够洞察人心，给予爱人温暖与支持、尊重与理解。按照吸引力法则，这样的女子自然也会拥有幸福的婚姻。

马斯洛的需求层次理论中提到，自我实现是人类最高层次的需求。在爱情关系中，个体如果无法实现自我，就会产生不满和逃避。所以，个人成长与自我反思对维护健康的爱情关系至关重要。

谁说女强人不能收获美好的爱情？当你深谙最好的爱不是以爱的名义消耗对方，而是共同成长，相互照亮，哪怕暂时没有遇到对的人，你也可以成为自己的天使。

爱，是我们一生的必修课，能够让我们真实地照见自己，知道自己的痛点在哪里。人们因为希望赢得爱，所以会不断地提升自己，修炼自己的心智。让我们从《红楼梦》中汲取智慧、得到启发，在爱情中做出更明智的选择，共同营造一段充满爱与理解的情感关系。

贾芸与小红：
烟火爱情里的平淡与温暖

贾芸与小红的爱情体现了"自我成长"的重要性。在他们的相处中，没有过多的甜言蜜语，没有虚妄的浪漫情怀，有的只是相互扶持、共同进步的默契与决心，这些让他们不断成长，完善自我，实现了个人价值的提升。

《红楼梦》里宝黛的情缘，是宿命所系，情感深厚却终成泡影，令人唏嘘。曹雪芹巧妙地将这段精神之恋的精髓，移接到贾芸与小红这对俗世恋人身上。他们的爱情，没有宝黛那般超脱尘世、凄美动人，却更贴近凡人的生活，以其朴实无华、接地气的烟火气息，为衰落的贾府增添了几分生机与希望。

小红原名叫林红玉，她在第二十四回出场：

原来这小红本姓林，小名红玉，只因"玉"字犯了林黛玉、宝玉，便都把这个字隐起来，便都叫他"小红"。原是荣国府中世代的旧仆，他父母现在收管各处房田事务。这红玉年方十六岁，因分人在大观园的时节，把他便分在怡红院中……

《红楼梦》整部书中，名字中有"玉"的人不多，如黛玉、宝玉、妙玉、蒋玉菡和红玉。但凡名字中有玉的，基本上都是曹雪芹要着力表现和比较喜欢的人物，他们有一个共同点：有不同于常人的追求，不随波逐流，努力活出自我价值。

小红，是宝玉房中的三等丫头，她有才有貌，有野心有追求，不满足于现状。在大观园的激烈竞争中，她虽遭排挤打压，却不失勇气与担当，主动迎合凤姐的需求，最终以出色的办事能力得到凤姐的赏识，成功跳槽，迎来了职业生涯的高光时刻。

贾芸，贾府旁支子弟，家境贫寒，却怀有青云之志。面对生活的困顿，他没有沉沦，而是以智慧和坚韧，努力攀附贾家这棵大树，寻求改变命运的机会。第二十四回，他虽在求职的过程中遭遇挫折，却从不妄自菲薄，转而向凤姐展示自己的能力与诚意，终以香料为礼，赢得凤姐的赏识与信任，获得了大观园花木工程的差事，掘得人生的第一桶金。

小红与贾芸的三面之缘，是《红楼梦》中一段微妙的情感交织。第一次，小红在宝玉的外书房绮霰斋偶遇贾芸，她大胆地打量他，他未摆主子的架子，给她留下了深刻印象。第二次，小红特意去告知贾芸宝玉的行踪，两人虽未直接交流情感，但心意已通。第三次，小红在去潇湘馆路上远远望见贾芸，彼此的目光交汇，却因身份悬殊未能接近。最终，小红故意遗失手帕，贾芸捡得，通过坠儿传递，二人心意暗通，私订终身。

贾芸与小红感情的产生和发展，是曹雪芹借还原《西厢记》故事，映射贾宝玉和林黛玉的感情，在那个礼法森严的社会，勇敢追求爱情是多么难能可贵。

从心理学角度来看，小红和贾芸的爱情可以启发读者更好地理解爱情。贾芸对小红的爱慕之情体现了一种纯粹的情感投入，不受物质条件和社会地位的限制。这种情感的纯粹性，是心理学中强调的"无条件的爱"，它超越了外在条件，关注个体内在的情感体验。同时，他们的爱情也展现了"依恋理论"中的安全依恋。小红对贾芸的信任和依赖，使得两人在面对外界压力时能够相互支持，共同面对困难。这种相互依恋的关系，为双方提供了情感上的安全感，有助于建立稳定而持久的情感关系。

稳定而持久的情感关系，往往包含了一份懂得与体谅，彼此都明白生活的艰辛，懂得珍惜眼前人，都愿意为了共同的未来而努力。

贾芸与小红的爱情体现了"自我成长"的重要性。在他们的相处中，没有过多的甜言蜜语，没有虚妄的浪漫情怀，有的只是相互扶持、共同进步的默契与决心，这些让他们不断成长，完善自我，实现了个人价值的提升。这种以爱情为动力，以相似的三观为基石的自我成长，对于我们来说，是一种积极的启示，鼓励我们在爱情中不断追求自我完善。

他们的人生实现逆袭，不仅因为过人的才能，更因为过硬的人品。贾芸的孝道、低调行事，小红的坚韧不拔、勇于担当，都体现了他们的良好品质。在贾府被抄、大厦倾倒之际，他们不忘旧恩，对凤姐、宝玉等人倾情相助，体现了他们的情义与善良。

他们的故事，是对平淡而温暖的烟火爱情的最好诠释，也是对善良义气、知恩图报这些美德的最高礼赞。心存善念，自会迎来转机；但行善事，早晚会得到回报。他们的爱情，因自己的善意与努力而得以圆满。他们成为《红楼梦》中为数不多的收获了好结局的人。

在《红楼梦》这部描绘人性与世态的史诗中，宝黛之情如梦似幻，而贾芸与小红的故事，则如同一抹温暖的阳光，穿透了命运的阴霾，照亮了凡尘中的希望与坚持。

爱，是通过你所爱的人看到这个世界的美好。而这份美好，或许最初始于颜值或才华，但最后一定是终于人品，终于两颗心的同频共振。愿你在这纷繁复杂的世界中，找到那个愿意与你携手共度风雨的人，一起用心经营生活，用爱慰藉生命，让每一个平凡的日子都充满欢喜与温情。如同贾芸与小红，即使世界再大，也能在彼此的陪伴中找到属于自己的幸福。

尤三姐和柳湘莲：
世俗的傲慢与偏见

尤三姐的悲剧告诉我们，在纷繁复杂的社会中，保持洁身自好的重要性。无论外界如何喧嚣，我们都应该坚守内心的纯洁和正直，不被外界的误解和非议动摇。

《红楼梦》中，尤三姐和柳湘莲的形象鲜明而深刻，他们的故事不仅是一段凄美的爱情悲剧，更是对封建社会伦理道德的深刻批判。

尤三姐，一个在宁国府中被误解的女子，她和尤二姐的形象在原著中被描绘为"真真一对尤物"。然而，这并非她的真实写照。尤三姐的内心，其实充满了贞烈和自尊。她对柳湘莲的爱慕，始于舞台上的一见钟情，却因为柳湘莲的傲慢和偏见，最终走向了悲剧。

柳湘莲，一个江湖游侠，他的身上有着封建伦理道德的烙印。他对尤三姐的态度，从最初的接受到后来的退婚，反映了他对宁国府混乱关系的厌恶和对尤三姐身份的傲慢与偏见。作者在第六十六回"情小妹耻情归地府　冷二郎一冷入空门"中写道：

宝玉道："他是珍大嫂子的继母带来的两位小姨，我在那里和他们混了一个月,怎么不知?真真一对尤物,他又姓尤。"湘莲听了,跌足道:"这事不好,断乎做不得了。你们东府里除了那两个石头狮子干净,只怕连猫儿狗儿都不干净。我不做这剩忘八。"宝玉听说,红了脸。

《红楼梦》中很多女儿的命运都是一场悲剧,尤其当她们所爱非人的时候。尤三姐爱上柳湘莲,也是一场悲剧。那么造成尤三姐悲剧的原因是什么?

第一,尤三姐始于颜值的单相思。柳湘莲只知道她是贾琏外室尤二姐的妹妹,却一点都不知道两姐妹的过往经历,更不知道尤三姐和贾珍父子的不正当关系。如果他一开始就知道的话,他是无论如何都不会答应这门亲事的,更不会把祖传的鸳鸯剑作为订婚信物送给尤三姐。尤三姐喜欢柳湘莲,其实只是因为她看到过他在舞台上熠熠生辉的样子,本质上是粉丝对偶像的喜欢,其实她也一样不了解柳湘莲的人品和价值观。

第二,柳湘莲的傲慢与偏见。简·奥斯汀在《傲慢与偏见》这样说道:"傲慢让别人无法来爱我,偏见让我无法去爱别人。"柳湘莲对尤三姐悔婚的态度,其实骨子里透着一份傲慢,这份傲慢的背后是自卑心理在作祟。他本也是京城世家子弟,奈何家道中落,父辈就已经窘迫,父母死后便孑然一身,自己一穷二白。这样的成长环境和经历让他自尊自强,也让他自卑。柳湘莲认为自己并没有什么过人之处,为什么尤三姐会喜欢他呢?柳湘莲结交权贵的目的也不难猜,只为东山再起,重建柳家。奈何他性格孤傲、倔强,不像蒋玉菡那般卑躬屈膝,忍受屈辱供权贵狎戏做娈宠。

他打薛蟠,是对世俗之丑的反抗和愤怒;他想方设法与薛蟠和好,是向世俗妥协的无奈之举；他接受薛蟠帮助、定亲尤三姐，是他出门碰壁后的所谓醒悟和妥协；他坚持与尤三姐退婚，又体现出自卑又自傲的矛盾性格……

第三，柳湘莲的自我欺骗。尤三姐因世俗的傲慢与偏见而遭受不幸的故事，虽然源自古典小说，但对我们的启示却是跨越时代的。真正的爱情需要双方相互懂得和理解，而不是单方面的执着和付出。尤三姐的一厢情愿，浅层因素是她没认清对方态度背后的无情，深层原因是她并没看清社会对自己这类人的偏见。

当个人的尊严和自我价值被曲解与否定时，尤三姐的自刎，是对这段无果爱情的绝望，也是对个人尊严的最后捍卫，以及对封建道德的无声抗议。正如她死后在柳湘莲梦中所言："前生误被情惑，今既耻情而觉，与君两无干涉。"这说明尤三姐虽然曾经执着于爱情，但最终选择了维护自尊和自我价值。

曹雪芹以"揉碎桃花红满地，玉山倾倒再难扶"来描写尤三姐以鸳鸯剑自刎的凄美，以"玉山"之名肯定尤三姐贞洁烈女的本质。尤三姐在决定嫁给柳湘莲之前，为人大大咧咧，性格外向，不太注重个人的声誉，给自己打上了"淫浪"的标签。但她面对贾珍、贾蓉和贾琏的玩弄，又利用自己的美色来报复他们，敢于反抗，有很强的斗争精神。她在决定嫁给柳湘莲后，为了得到自己心爱的人，能够果断从良，面对拒绝，又能够以死明志。虽然自杀不可取，但在封建社会，这种精神也是值得尊敬的。

柳湘莲的悔婚和痛失尤三姐后的出家，可能与他的逃避型依恋心理有关，这种依恋模式往往源于早期的不安全依恋经验，导致在亲密关系中表现出回避和自我保护的倾向。

尤三姐的悲剧告诉我们，在纷繁复杂的社会中，保持洁身自好的重要性。无论外界如何喧嚣，我们都应该坚守内心的纯洁和正直，不被外界的误解和非议动摇。尤三姐的感情也提醒人们在倾慕一个人时，要理智地观察这个人，全面了解这个人是否与自己三观相合，是否能包容自己的过去，接纳现在的自己。柳湘莲的追悔莫及也提示我们，在不了解一个人或一件事时，不能轻信他人的一面之词，要积极主动地沟通，辨别真伪，尽量全面地了解事情真相，客观公正地做出正确的判断和选择。

愿我们从这个故事中汲取智慧，学会杜绝傲慢，超越偏见，理解他人，以开放的心态去感受和尊重每一份真挚的情感。

贾蔷与龄官：
爱情里的独宠与唯一

贾蔷与龄官的爱情展现了爱情本身的纯粹与美好，不受身份等级的限制。他们的爱情表明，在真挚的感情面前，每个人都是平等的，同时也对宝玉产生了深远的影响，使宝玉开始理解爱情的唯一性和排他性，从而对黛玉的感情更加专一。

《红楼梦》中，贾蔷与龄官的爱情故事虽不似宝玉与黛玉那般广为人知，却同样令人动容。纨绔子弟贾蔷与孤傲的戏子龄官，在贾府的梨香院相遇，一段纯真的爱情悄然萌芽。

贾蔷，虽有纨绔之名，却对龄官展现出了温柔体贴的一面。他曾是斗鸡走狗的浪荡子，但在龄官面前，愿意为她放下一切心机，只求她的一笑。

龄官，一个像极了林妹妹的美好女子，"眉蹙春山，眼颦秋水，面薄腰纤，袅袅婷婷，大有林黛玉之态"。她的姿容与才情、孤傲与坚持，不仅赢得了元春的赏识，而且深深地吸引了贾蔷。龄官从小学戏，戏里的女子大多不受封建礼教的束缚，活得坦坦荡荡。贾蔷作为风月场上的行家，见过太多娇媚的女子，可她们大多是逢场作戏。因此，当他见到真性情的龄官，一下子就眼明心亮了。

《红楼梦》大观园里有十二个戏剧演员，曹雪芹为何单单让龄官拥有了宝贵的爱情呢？其实这和她的性格有关系。第十七回至十八回，当她们十二个给元妃唱戏时，元妃单单看中了龄官，想让她再唱两出戏。如果是别人，估计会激动万分，可是龄官是什么反应呢？

刚演完了，一太监执一金盘糕点之属进来，问："谁是龄官？"贾蔷便知是赐龄官之物，喜的忙接了，命龄官叩头。太监又道："贵妃有谕，说'龄官极好，再作两出戏，不拘那两出就是了'。"贾蔷忙答应了，因命龄官作《游园》《惊梦》二出。龄官自为此二出原非本角之戏，执意不作，定要作《相约》《相骂》二出。贾蔷扭他不过，只得依他作了。贾妃甚喜，命"不可难为了这女孩子，好生教习"，额外赏了两匹宫缎、两个荷包并金银锞子、食物之类。

这样的龄官，颠覆了大家对戏剧演员的认知。原本她们就像探春口中的"玩物"，可是龄官却活出了自己的尊严。只唱自己想唱的，这样洒脱的人生态度，的确让元妃怜爱。

贾蔷听说龄官受到元妃的赏识后，"喜的忙接了"。他虽然是龄官的领导，但他为龄官而喜。龄官也敢于反对贾蔷的意思，坚持自己的主意。这个被人忽视的小细节让人感动，令人感到别样的温暖。

有人或许会不解，贾蔷虽然在第九回"闹学堂"时表现得比较仗义，但平常不过也是个酒色之徒。这样的贾蔷，龄官如何看得上？可我们也不要忽略一个客观事实，那就是爱情可以改变人。换句话说，贾蔷在追求龄官的道路上，一定改变了自己的很多毛病，龄官才愿意和他在一起。

爱一个人，是愿意为对方放下身段的。爱里面有一份宠和惜，你若安好，便是晴天。贾蔷愿意为病中的龄官放生昂贵的雀儿，希望以此消除她的病痛。

龄官对贾蔷的爱，同样深沉，她不为权贵所动，只愿为贾蔷一人歌唱。龄官貌似现代人眼里的"恋爱脑"，从不考虑自己和贾蔷的未来。其实，她对于这份感情，是特别认真、非常慎重的。第三十回"龄官划蔷痴及局外"，宝玉看到了一个与之前不一样的龄官。

只见他虽然用金簪划地，并不是掘土埋花，竟是向土上画字。宝玉用眼随着簪子的起落，一直一画一点一勾的看了去，数一数，十八笔。自己又在手心里用指头按着他方才下笔的规矩写了，猜是个什么字。写成一想，原来就是个蔷薇花的"蔷"字。

她在纠结，她在挣扎，虽然在戏文里，爱情是可以战胜一切的。但是，在那个等级森严的社会，是否容得下龄官的这份情呢？贾蔷是大家公子，以后少不了红颜知己，这段爱情对于他来说，或许不过是年轻时候的一段风流事。可是对于龄官，就是自己一生的幸福。

贾蔷与龄官的爱情展现了爱情本身的纯粹与美好，不受身份等级的限制。他们的爱情表明，在真挚的感情面前，每个人都是平等的，同时也对宝玉产生了深远的影响，使宝玉开始理解爱情的唯一性和排他性，从而对黛玉的感情更加专一。

好的爱情里面有一份放肆，她在闹，他在笑。他宠她如孩子，她可以在心上人面前像个不讲理的小孩。而贾蔷的温柔体贴、细腻包容，真是让人吃惊，没有一丁点儿公子哥的骄横，没有一丁点儿油腻的社会味道。此刻的他，就是一个春心萌动的少年，展现出温良男孩特有的柔情。这反映了爱情可以使人成长，使人美好，能够激发人的潜能，这意味着在爱情关系中，我们应鼓励和支持伴侣的成长，同时也要勇于面对自己的不足，通过爱情的力量实现自我提升。

在《红楼梦》的悲剧基调下，在贾家"大厦将倾"的大势下，贾蔷与龄官的爱情同样带有悲剧色彩，龄官最终下落不明，贾蔷流落街头。即使贾蔷和龄官的爱情没有圆满结局，但至少，他们曾经轰轰烈烈地爱过。单是这一点，就足以启迪我们珍惜当下，善待每一场相遇。我们在追求爱情和幸福的过程中，既要有努力打破阶级和身份束缚的勇气，也要有接受残酷现实的勇气。

第三章 爱的本质

弗洛姆在其著作《爱的艺术》中谈道：

"爱本质上应是一种意志行为，是用自己的生命完全承诺另一个生命的决心……

人们没有看到情爱中的一个重要因素——意志。

爱上某人不只是一种强烈的情感，还是一种决定、一种判断、一种承诺。"

构成亲密关系的六个因素

无论是打算建立良好的亲密关系，还是维持亲密关系的稳定，或解决亲密关系里的危机，都需要从这六个方面去考虑。在了解亲密关系构成后，我们以此为基础来说明如何理性地看待爱情与婚姻。

寻找归属感，摆脱孤独感，这是人类演化过程中所形成的自然心理倾向。弗洛姆将孤独视为焦虑感、羞耻感、罪恶感的根源，认为人最深切的需要实际上是克服人与人之间的分离感。克服人与人之间的分离感，这便是亲密关系中所说的归属需要。这种归属需要是建立亲密关系的内驱力。也就是说，或许从人类自然演化来看，寻求归属感、建立亲密关系是我们天然的强烈需求，这是亲密关系理论的自然原理。为满足归属需要，也就是我们平日里所说的归属感，人们会努力与他人建立和维持良好的人际关系。人际关系中最为重要的就是亲密关系，而与爱人和朋友之间的关系是目前亲密关系研究的重点。从已有的研究来看，许多专家对亲密关系的定义并不能达成一致，这是因为亲密关系本身就是一个复杂的概念。

美国心理学学者罗兰·米勒的著作《亲密关系》（第六版）将亲密关系的构成总结为六个重要方面，这样的看法是目前心理学界较为通行的观点，罗兰在书中说道："亲密关系和泛泛之交至少在六个方面存在差异：了解、关心、相互依赖性、相互一致性、信任以及承诺。"恋爱关系、婚姻关系是亲密关系中的典型关系，我们需要细致了解这六个方面。

第一，了解。亲密关系中的伴侣之间熟悉彼此的兴趣爱好、人生经历、情感态度、价值观念等，这些带有私密性质的信息在一般的人际交往过程中是不便透露给他人的，但在亲密关系的建立过程中，互相了解彼此是重要的环节。总之，与一般的人际交往关系相比，亲密关系中的伴侣对对方的了解是更为私密且深入的。

第二，关心。处于亲密关系之中的伴侣希望自己能在对方身上获取关心，并且愿意为对方付出。当双方知道去了解、理解、欣赏、关心对方时，他们之间的亲密度就会增加。

第三，相互依赖性。这是指在亲密关系中彼此需要的程度以及对对方的影响程度，当亲密关系进入相互依赖的阶段时，其中一方的行为在对自己产生影响时，也会给对方带来影响。相互依赖的特点是频繁（经常影响彼此）、强烈（彼此有显著影响）、多样（存在多种影响对方的方式）和持久（彼此影响的时间较长）。

第四，相互一致性。双方在认同彼此后，在生活上发生融合，他们认为自己不再是两个完全分离的个体，而是亲密的一对，例如处于爱情或婚姻关系中的人会发生称呼上的转变，他们会自称我们，这种称呼上的转变常代表亲密关系发展到微妙且重要的阶段。

第五，信任。信任是保持亲密关系的重要因素，人们相信亲密关

系不会带来伤害，并期待对方满足自己的要求，关注自己的幸福。失去信任的亲密关系将面临关系崩溃的危机。

第六，承诺。处于亲密关系中的双方会彼此施与承诺以维持关系，并为了实现承诺而投入大量的时间、人力、物力、财力成本。一旦发现承诺被打破，那么亲密关系也会走向日渐疏远、貌合神离。

无论是打算建立良好的亲密关系，还是维持亲密关系的稳定，或解决亲密关系里的危机，都需要从这六个方面去考虑。在了解亲密关系构成后，我们以此为基础来说明如何理性地看待爱情与婚姻。

《红楼梦》的一大特点就是用细腻、精微的笔触展现出贾府错综复杂的人际关系，其中不乏与亲密关系这一话题相关的内容。就本书的立意来讲，我们在叙述亲密关系理论的同时，以《红楼梦》中的人物作为案例来分析亲密关系中的具体问题，以期带给读者一定的思考与感悟。

依恋是亲密关系的重要基础

依恋类型理论为人际关系、恋爱关系出现不同状态提供了合理的原因,即幼儿时期形成的不同的依恋模式及不同人生经历所造成的个体依恋模式,最终造成了多样化的人际交往模式和恋爱模式。

爱情来源于什么?不同的人心中可能有不同的答案。我们不得不承认,探索爱情的始源是一个较为宏大的话题,但我们需要对这一问题进行讨论,因为这是我们理性地看待爱情的第一步。亲密关系理论认为依恋是爱情的开始。20世纪60年代,发展心理学家就已经发现,婴幼儿对其哺育者(常为母亲)的依赖表现为不同的模式,这种模式会影响儿童成年后的人际关系交往模式。

美国心理学家巴塞洛缪曾提出成人的四种依恋类型,即安全型依恋、痴迷型依恋、恐惧型依恋和疏离型依恋。

安全型依恋:这种人在情感上很容易接近他人,不管是依赖他人还是被人依赖,都感觉很安心,不会担忧独处和不为人接纳。这种人乐观、好交际,安心于亲密关系和相互依赖的状态。

痴迷型依恋：这种人希望在亲密关系中投入全部的情感，但经常发现他人并不乐意把关系发展到如自己期望的那般亲密。没有亲密关系会令其不安，他们有时担心伴侣不会像自己一样看重对方，对有损亲密关系的任何威胁都会感到不安和警惕，也会表现出贪婪和嫉妒。

恐惧型依恋：这种人和他人发生亲密接触会感到不安，虽然渴望亲密关系，但很难完全相信他人或依赖他人，担心自己和他人变得太亲密会受到伤害，害怕被遗弃，不信任他人，在亲密关系中常有猜忌、多疑、害羞等行为。

疏离型依恋：这种人冷漠、独立，即使没有亲密关系也会安心，对他们而言，独立和自给自足更加重要，不喜欢依赖别人或被人依赖。

爱情是恋爱双方互动交际的过程。爱情之中，有的情侣是如胶似漆、难舍难分的状态，有的情侣是舒展自如、细水长流的状态，有的情侣是各自独立、若即若离的状态……而在爱情之外，有的人还在彳亍徘徊，他们或是害怕建立恋爱关系，或是因为受了创伤而逃离爱情，或是期待爱情却始终保持观望态度……无论是处于爱情中，还是徘徊于恋爱之外，依恋类型理论为人际关系、恋爱关系出现不同状态提供了合理的原因，即幼儿时期形成的不同的依恋模式及不同人生经历所造成的个体依恋模式，最终造成了多样化的人际交往模式和恋爱模式。

换句话说，爱情中的亲密关系实际上是依恋类型的延伸。我们在日常生活中相当认同这样的观点：你对一个人心动之后，想要了解对方究竟是个怎样的人，那么你就去看他与人交往（主要是家庭关系和朋友关系）时的状态。这显然是用人际关系的状态来推测恋爱关系中的状态，我们在观察对方的人际关系时，其实是在观察其依恋类型，并以此来与自身的情况相比对。

宝玉和宝钗是安全型依恋类型的典型代表。安全型依恋类型的特点是在人际交往和亲密关系中较少出现"回避亲密"和"忧虑被弃"的情况。相关研究表明，成人安全型依恋类型的形成得益于幼年时期良好的原生家庭关系，宝玉和宝钗的情况正好与之呼应。宝玉是贾府众星捧月般的嫡孙，得到王夫人的疼爱和贾母的宠爱。宝钗虽丧父，但拥有母亲和哥哥的关爱。总体来看，宝玉和宝钗二人在人际关系和亲密关系中都能表现出乐观且善于交际的特点。宝玉对待任何阶层的女孩儿都具有同理心，他的交友圈上至亲王权贵，下至走卒。他在爱情中也具有相当大的耐心，他会细腻且温柔地对待他的爱人，会包容黛玉的种种"小性儿"。宝钗更是一个人际交往的行家，贾府上下没有不喜欢宝钗的，就连刁钻刻薄的反面人物赵姨娘都对她赞赏有加。

我们从宝钗身上注意到一点，宝钗的人格发展得益于良好的原生家庭关系，但与此同时，亲情在其心中的重要位置也让她在面对亲情带来的伤害时，变得格外脆弱。第三十四回，宝钗在全书中唯一一次情绪失控是被亲哥哥薛蟠在气头上歪派之后，"宝钗满心委屈气忿，待要怎样，又怕他母亲不安，少不得含泪别了母亲，各自回来，到房里整哭了一夜"。宝钗是一个看重家庭关系和亲情的人，面对来自家人的发难，她并没有即刻发泄情绪，她怕母亲难过，回自己屋里偷偷哭了一夜，这是书中少有的对宝钗情绪化表现的表述。然而，虽然在原生家庭里有些许摩擦，但对宝玉和宝钗而言，原生家庭的爱和支持给予了他们发展出完整人格的力量。从《红楼梦》中的许多描写来看，宝玉和宝钗在人际关系中很少处于回避亲密、忧虑被弃的状态，他们在人际关系和亲密关系中是较为积极的角色。

原生家庭缺失的黛玉则是痴迷型和恐惧型依恋关系的代表。痴迷型依恋类型的人常处于过度的不安和焦虑状态，恐惧型依恋类型表现为猜忌和多疑，以上特点都对应在黛玉的言行中。

《红楼梦》中所描述的宝黛之爱十分凄美动人，让人不免心生向往之意。但是，如果我们结合原著的描述和依恋类型理论来看，黛玉在这段亲密关系中时常处于痛苦、焦虑的状态。黛玉在爱情之中的痛苦固然有外在因素的影响，然而最令人遗憾的是，黛玉的自身因素使她的痛苦变得更加深沉。我们在之前的章节分析过，黛玉如同一部超敏的雷达，使得她自身以及与她进行人际交往和处于亲密关系之中的人皆处于紧张状态。黛玉在爱情中是痴情女的形象，第二十九回"痴情女情重愈斟情"，将黛玉定位为"痴情女"的形象，想必众多红迷对此也心有戚戚。

然而，我们该如何理解黛玉的痴情呢？通过依恋类型理论的放大镜，我们可以看到黛玉的痴情中包含着被亲密关系抛弃的忧虑。对黛玉来说，亲密关系既是她无限渴望之物，又是令她时刻忧虑的原因。毫无疑问，处于亲密关系之中的她始终无法将自己的心放置于安心的范围，她在亲密关系之中就是矛盾的、不自洽的。即使我们改写宝黛爱情的结局，让他们二人喜结连理，也可以想象，他们的婚姻关系走向美满的概率是比较小的。正因为林妹妹终生是"此心不安"的，宝玉的那句"你放心"确实是最打动她的一点，她所渴望的便是"放心"的状态。

原生家庭中父母角色的缺失让孩子感到自己近乎"被抛弃"。相较于宝玉和宝钗，黛玉的成长经历中缺少父母、兄弟姐妹等亲情关系的重要支持。可以推测，这造成了最重要的亲密角色在黛玉人格发展期的缺位，这使得她总是担忧自己将再次被亲密关系遗弃，所以她在与宝玉的关系中总是处于担忧的状态。"痴情女情重愈斟情",反映出的就是黛玉在亲密关系之中的纠结、忧虑、矛盾。这个回目仿佛是在说:痴情女呀,你本身已经如此困顿于爱情之中,你却偏偏还要费心琢磨爱情;你已经用情至深了,却还要加重自己的情感消耗。黛玉在这段情感中的过度思虑与中国所崇尚的中庸思想相违背,这不是对待情感的明智态度。

妙玉则是疏离型依恋类型的代表。疏离型亲密关系的特点是冷漠且独立,对于疏离型的人而言,他们排斥依赖他人与被他人依赖,他们更愿意保持自身的独立,也不在乎他人是否在意自己。虽然成人依恋类型的形成与其幼年时的家庭支持相关,然而我们也不能忽视后天的个人经历、所处环境对依恋类型形成的影响。研究表明,如同我们习得其他能力一样,成人的依恋类型也能通过不断的习得而改变。这意味着一个人会随着时间和环境的改变,其心理依恋类型也会发生改变。

妙玉原本是富贵人家的千金,后因身体原因,出家为尼。《红楼梦》中对妙玉的背景交代只有只言片语的描述,我们不清楚妙玉的童年经历和性格形成原因,然而我们可以料想这之间巨大的落差。贵族出身让妙玉不甘于"零落成泥碾作尘"。栊翠庵之中除了几个老尼姑外,便是几个粗实丫头,基本上没有什么人能入她的法眼,没有人能与她产生精神共鸣,这就使她表现出了异于常人的孤傲、自恋、高洁。贾母身处贾府的权力中心,是众人讨好的对象,但当贾母去栊翠庵品茶时,她却对贾母态度一般,我们可以说妙玉是高洁的,不甘趋于世俗,厌恶同流合污。因此,我们不难发现妙玉是回避亲密关系的,她将自己活成了一座孤岛。

人与人之间存在不同的依恋类型，成人的依恋类型与幼年时的原生家庭支持密切相关，同时，成年后的外部环境、个人经历也会对依恋类型造成影响。人们对亲密关系的不同认知和抱有的不同态度造成了他们在人际关系、亲密关系中的不同状态。爱情关系作为亲密关系中的一个重要组成部分，深受婚恋双方的依恋类型影响。

爱情三角理论：
亲密、激情、承诺

恋爱关系中强烈的爱意来自激情；爱情之中的温情源于亲密；爱情之中的承诺是较为理性的，是与情感或性情无关的决策。

我们经常听到这样的事情：恋人走进婚姻之后，或者是恋爱时间久了，双方强烈的爱意就渐渐变淡甚至消失了，我们不禁发问：爱情真的存在吗？爱情究竟为何物？

美国专栏作家安·兰德斯曾断言："沉迷于色欲和真正的爱情之间有着很大的差别，爱情比纯粹的激情更为深刻和丰富。爱情是构筑在宽容、关爱和沟通的基础之上，爱情是熊熊燃烧着的友谊。"兰德斯的观点将爱情置于激情之上，爱情是融合着多种积极因素的复合体，这符合许多人对爱情的认知和构想。

美国心理学家罗伯特·斯腾伯格提出爱情三角理论，该理论让我们可以用解构的视角来合理看待爱情这一由若干因素交织而成的复合体。首先，罗伯特承认各种不同类型的爱情存在，各种类型的爱情都可以看成是由三种构成成分组成的，即亲密、激情和承诺。亲密，是爱情关系中最常见的特征，包括热情、理解、沟通、支持和分享等。激情，是指任何能满足伴侣强烈的情感需要的心理和行为，激情的典型特征是性的唤醒和欲望。承诺，是为投身并维持爱情所下定的决心。亲密、激情和承诺，三者并不是割裂的，亲密是情感体验性的，承诺是偏向于认知性的，激情则是驱动力或动机。

通常，恋爱关系中强烈的爱意来自激情；爱情之中的温情源于亲密；爱情之中的承诺是较为理性的，是与情感或性情无关的决策。

罗伯特的爱情三角理论为描绘爱情提供了一个理论工具，不同爱情之间的差异可以用"亲密""激情"和"承诺"这三个构成成分的不同程度来区分，他列举了以下四种典型且较为纯粹的爱情状态，现实中的爱情类型要比他列举的更复杂，我们可以借鉴这样的思路去分析和思考自己所处的关系。

无爱：缺少亲密、激情与承诺，此时爱情并不存在。双方仅仅是泛泛之交，甚至不能达到朋友关系，彼此之间的人际状态是随意和肤浅的。

喜欢：亲密程度很高，然而激情和承诺都非常低。友情之中的彼此常会感受到喜欢的状态，双方存有真正的温情与亲近，但不会产生激情和携手一生的想法。反之，如果某个朋友可以唤起你的激情和相伴余生的渴望，当他离开时你会产生强烈的思念与爱慕，那么这就已经超过了喜欢的范围了。

迷恋：缺少亲密和承诺，却有着强烈的激情，这就是迷恋的状态，被毫不相识的人强烈吸引并勾起欲望，也是迷恋状态。

空爱：没有亲密或激情，仅有承诺，这就是空虚的爱。这种爱普遍出现在激情消失的亲密关系中，也就是常说的"不过是在一起过日子"。

爱是亲密关系的本质

要想拥有一次快乐的人生航行，最重要的是挂起爱的风帆，这样才能在亲密关系中乘风远航。

第二十三回，宝玉选怡红院是因为这里离潇湘馆最近，他就是要靠近林黛玉，他根本没有问薛宝钗想住哪里，因为在他心里黛玉才是第一位的，他只爱黛玉。

只见林黛玉正在那里，宝玉便问他："你住那一处好？"林黛玉正心里盘算这事，忽见宝玉问他，便笑道："我心里想着潇湘馆好，爱那几竿竹子隐着一道曲栏，比别处更觉幽静。"宝玉听了拍手笑道："正和我的主意一样，我也要叫你住这里呢。我就住怡红院，咱们两个又近，又都清幽。"

二人正计较，就有贾政遣人来回贾母说："二月二十二日子好，哥儿姐儿们好搬进去的。这几日遣人进去分派收拾。"薛宝钗住了蘅芜苑，林黛玉住了潇湘馆，贾迎春住了缀锦楼，探春住了秋爽斋，惜春住了蓼风轩，李氏住了稻香村，宝玉住了怡红院。每一处添两个老嬷嬷，四个丫头，除各人奶娘亲随丫鬟不算外，另有专管收拾打扫的。

至二十二日，一齐进去，登时园内花招绣带，柳拂香风，不似前番那等寂寞了。

无论是经营爱情和婚姻，还是改善亲子关系，其本质就是依靠爱。我们要经营好爱情和婚姻，没有爱便不可能；亲子教育若缺乏爱，就会造成孩子的焦虑、抑郁、痛苦，造成原生家庭问题。所以，当你懂得了亲密关系的本质是爱，你的心便会柔软。

都说成长、人脉、认知是成功的必备条件。但是，学会爱自己、爱他人，不仅能够让你快速成长，还能够帮你建立起良好的人脉，与此同时，你的认知也会不断提升。一盏灯带来的光亮是有限的，如果懂得分享，就如同用一盏灯点亮了更多盏灯，光亮一定会更盛。光，代表智慧。当我们没有智慧的时候，我们的人生就是黑暗的，黑暗的人生意味着什么？会走错路，会摔跟头。

宝玉的心特别柔软，他天生对其他生命有慈悲和深情。但宝玉缺乏担当，少了年轻人应该有的血气方刚。这与他的原生家庭有关，与缺乏父亲的教育与爱有关，加上他生活在一群姐妹中间，造成了他性格的短板。任何一个人的性格铸就都不是无缘无故的，与其成长轨迹有千丝万缕的关系。

随着物质生活的提高，我们在爱里反倒多了一份理智的计较与得失，这对双方都是一种伤害。当两个奔着"执子之手，与子偕老"美好意愿的人，有了互相算计、掺杂功利的心时，这样的爱能达到高峰吗？每个生命都具有避苦求乐的本性，如果你想让自己的人生过得舒服，你就要拥有令人舒服的能力。舒，是舍得和给予，其实就是告诉我们应该怎样做才能让自己处于舒服的状态。要想拥有一次快乐的人生航行，最重要的是挂起爱的风帆，这样才能在亲密关系中乘风远航。

爱是同频共振的吸引

世界万物都是因同频共振而互相吸引的，你心里有爱，来到你身边的都是爱；你心里有怨有恨，来到你身边的都是恨和怨。这叫同频共振，也叫吸引法则。

相爱的灵魂会同频共振。量子纠缠和同频共振，可以说是这世界上两个神奇的自然现象，一个是微观的，一个是宏观的。量子力学讲两个有关联的量子，即使把另一个量子送到月球，仍然能互相发生作用，因此也称为量子纠缠理论。很多我们不能直观看到、听到的现象，并不能代表它不存在。我们常说母子连心，大概就是量子纠缠在母亲与孩子之间的效用。

我们不妨借用量子纠缠和同频共振的思路来看待人与人之间的关系，这两种理论说明了一个道理：频率相同的人总会相遇。不经意间的一场偶遇，没有征兆，就这么遇见，一见钟情，彼此惊艳，这就是缘。人与人之间，若灵魂不能同频共振，频率不能同步，仅仅只是短暂的遇见，终究会成为陌路，各自天涯。而那些气息相同、灵魂相似的人，不管多晚，终有一天会相见，被一种神秘的磁场吸引，一路同行。

爱情是怎样来到你心中的？不是追来的，也并非寻来的，而是互相吸引而来的。爱情来源于吸引力，你若盛开，蝴蝶自来。所以，好的爱情，一定是建立在相互吸引的基础上。当我们是高能量时，美好的吸引就开始了，我们的良人就会翩翩而来。

男女之间爱的萌生，往往因对方的某些优点和魅力而心动，进而奋不顾身地向他奔赴，这就叫吸引。在爱和喜欢之前，一定会有一份吸引存在。第一眼看到颜值、地位等，这是表层的吸引。而深层的吸引来自精神和灵魂，正所谓"好看的皮囊千篇一律，有趣的灵魂万里挑一"。我们的灵魂是发射塔，你发出的能量波会吸引同等的能量波。双向奔赴的爱情主角，仿佛一个是磁，一个是铁，彼此靠近就会深深地吸引，不离不弃。吸引力越强，两个人的感情就越稳定。

真正的爱，是灵魂深处的相知，是发自内心的真诚，不计回报的付出。当然，如果能把这份爱给懂你的人，便是人生一大幸事。一个人被另外一个人吸引，就是所发出的能量波在产生作用。如果你的灵魂干净、清透、阳光，能够照射到他的灵魂深处，能够滋养到他，那么你就会对他产生最主要、最致命的吸引。这一层次的吸引力是非常神圣且高尚的，容易成就男女之间最深刻而专一的感情，终将成就一段双向奔赴的良缘，甚至能在心灵的国度成就一场生命的绽放。

宝玉与黛玉两人彼此真爱，灵魂高度一致，宝玉、黛玉纯粹无染，毫无功利之心，所以很容易彼此吸引、互相深爱。宝黛二人对精神世界和审美修养的追求皆高于《红楼梦》中其他人物，这种追求使他们成为一对开垦精神生活的伙伴，而他们诸多带着高度审美意味的行为活动、具有哲思的思考见解也使得他们的爱情不会流于世俗，这也是众多读者欣赏宝黛之爱的一个重要原因。

第四十四回，在王熙凤的生日宴上，贾宝玉偷偷带着茗烟出府去祭奠金钏，回来后撒谎说自己去北静王那里去了，众人信以为真，只有林黛玉明白宝玉迟到的真相。

话说众人看演《荆钗记》，宝玉和姐妹一处坐着。林黛玉因看到《男祭》这一出上，便和宝钗说道："这王十朋也不通的很，不管在那里祭一祭罢了，必定跑到江边子上来做什么！俗语说，'睹物思人'，天下的水总归一源，不拘那里的水舀一碗看着哭去，也就尽情了。"

从这个细节，足可见贾宝玉和林黛玉的默契，宝玉并未向黛玉吐露自己的行程，可他们彼此了解，互为知己，能与爱人同频共振，感他之悲喜。聪慧的黛玉想到最近金钏投井的事和宝玉的脾气性格，只看了一眼宝玉，就能猜到他去干了什么，并隐晦地劝他以后不要干这种危险的事，不妨换个方式祭奠金钏。这种灵魂伴侣之间的互动，正如林徽因所言："只有心灵相通的人，才有共鸣看人世间的潮起潮落；只有灵魂相近的人，才能看到彼此内心深藏的美丽。"

量子纠缠理论披露了一个有意思的现象：当事物不被观察的时候，它一定有"波粒二象性"，或者叫"无质量无体积的混合态"。那么，开始有一个观察者进来之后，这个量子混合态就会坍缩成单一的一个事物。我们在处理人际关系、亲密关系中是有能动性的，我们可以发挥自主认知的调节能力，改变我们固有的认知去衡量周围的人、事、物，或许我们可以得到生命的最优解。

由此看来，如果你不能平衡自己的状态，你就无法平衡他人，平衡外界的一切。同样，如果你不懂安抚好自己的心，那你就安抚不了你的内心所创造出来的这个世界。我们所观察到的世界未尝不是我们各自心灵的投射，心灵是富有吸引力的念力磁场。这就如同空谷与回音之间的关系，我们站在高山之巅对着空谷喊："你好！"空谷一定会回音："你好！"

杨绛先生在百岁时曾说："我们曾如此渴望命运的波澜，到最后才发现，人生最曼妙的风景，竟是内心的淡定与从容。"我们曾如此盼望他人的认可，到最后才知道：世界是自己的世界，与他人无关。

我们终其一生都是在雕琢我们的心灵，人生不是一场物质的盛宴，而是一场心灵的修炼。唯有清澈而单纯的心灵才能感受到正能量。人，倘若灵魂清澈且饱满，心灵便有处可栖，心境也会随之变得通透清明，不再患得患失，也不再升起漂泊无依之感。

健康爱情和婚姻中的两个人的言谈举止，一定是彼此心灵的吸引与投射。日本杰出的企业家稻盛和夫在《心》中说："人生中发生的一切事情，全部是由我们自己的心灵吸引过来、塑造出来的。"我们最爱的那个人，往往投射了我们自己的影子。当我们的心灵装满感恩与爱，美好的爱情、幸福的婚姻便会不期而至。俄国作家列夫·托尔斯泰的长篇小说《安娜·卡列尼娜》一开篇便说："幸福的家庭是相似的，不幸的家庭各有各的不幸。"幸福的秘诀一直握在我们自己的手中，美好的爱情、美满的婚姻都是自我在亲密关系中的投射。千帆过尽，你就会明白，这世界就是一个人的世界，关键是你愿不愿意停下来，回头看一看。只要认出本我与真我，全然地放下小我，就像一滴水汇入大海一样，汇入真心，汇入永恒。

一旦我们把格局打开，意识打开，懂得共振，心里有一份感恩与美好，放下过往，专注过程而不考虑结果，达到物我两相忘，心和境合在一起，爱就会自然显现出来。

爱是懂得和珍惜

懂得，是轻柔岁月里的那一缕暗香，是平淡生活中的那一丝温暖，是繁华落尽后的那一份珍藏，是蓦然回首后的那一声"幸好有你"。懂得，是最美的语言，是至纯至深的爱。

如果说同频共振是建立亲密关系的基石，那么懂得和珍惜便是让亲密关系在岁月的流逝中历久弥坚的双翼。宝玉与黛玉的爱情是各种类型中最符合相爱相知、灵魂契合这一标准的，这也是多少读者钦羡宝黛之爱的重要原因之一。

宝黛之爱中还有一点值得我们肯定，那就是在这段关系中的双方都在懂得的基础上，彼此欣赏，各自保持独立的自我。第十八回，元妃省亲时命众人作诗，看完后特别高兴，说《杏帘在望》写得最好，而这一首恰好就是林黛玉替宝玉写的。黛玉对宝玉是纯粹之爱，宝钗对宝玉是功利的欣赏和靠近，所表现出来的情感的深度是绝对不同的。宝玉做不出诗，宝钗只是给宝玉提供了一个典故，黛玉则站在宝玉的角度，贴着他的心，担心宝玉交不了差，或写得不够好而难堪，这是一份珍贵的懂得。这个细节让我们认识到爱流泪、爱耍小性子的林妹妹是懂爱的。

爱你的人不一定懂你，珍惜你；懂你且珍惜你的人一定很爱你。这话看似矛盾，其实是有道理的。爱而不懂，且不珍惜，两个人会渐行渐远，终将走散。懂你且珍惜你的人，与你心灵相知，自然会愈走愈近，拆都拆不散。所以，在很多人看来，懂比爱更重要。

最理想的爱，绝不仅仅是甜言蜜语，或者自我感动，而是深深地懂得，是刻在骨子里的珍惜。只有真正理解对方的内心世界，懂得对方所需，才能更好地去爱，去给予，去付出。两个相爱的人彼此欣赏、互相懂得，没有委曲求全，没有失去自我，只是欢喜地去付出、去爱。彼此的真诚付出，不是为了回报，只是为了欣赏和欢喜。素养愈高的人，对心灵品质要求要高，心的层面永远比外在的层面更具有吸引力。

这世界有一种深爱，叫"懂你"。懂你，才是真的爱你。懂，是最美的语言；懂，是至纯至深的爱。愿你此生，有人爱，有人懂，爱你的人同样也懂你、珍惜你。如此，你便是世上最幸福的人。

爱是随缘，放下我执

对的人兜兜转转还是会遇见，错的人晃晃悠悠终会走散。我们这一生，不需要刻意去遇见谁，也不需要勉强留住谁。

在爱情里面，不仅需要一份懂得，还需要一份放下我执的智慧，只有这样才能拥抱豁达有爱的人生。爱情的痛苦虽然千差万别，但仔细观察，不外乎两种：一种是"爱别离苦"，即所爱的人离开了自己，由此便痛不欲生；还有一种是"求不得苦"，因为得不到所爱的人，就认为自己活得无依无靠，了无生趣。假如你明白了无常之理，纵然无法跟最爱的人在一起，也不会那么难以面对。

一部《红楼梦》都浓缩在一首《恨无常》里，曹雪芹经历了家族的繁华和败落，深感人生的聚散无常，才会说"白玉为堂金为马"的钟鸣鼎食之家，终究"树倒猢狲散"；如花美眷终究"千红一窟（哭），万艳同杯（悲）"，终究"白茫茫一片真干净"。

曾经听到一个故事，有一个女人死了丈夫，她每每想起与丈夫生前的恩爱，就痛不欲生，于是天天做很多精美的饭菜拿到丈夫坟前,一边痛哭一边说:"亲爱的丈夫你吃一点吧!"有一个牧童看到这种情况,很想帮她,就找来一头死牛搬到坟地,然后割了许多嫩草放在牛旁边,也是边哭边说:"亲爱的牛,你吃一点吧!"女人看到后,不屑地对牧童说:"牛已经死了,活不过来,你在这里痛哭有什么用?真是个傻孩子!"牧童回答:"我才不傻呢,我的牛刚死,它的样子还没变,身上还是热的,多叫几声也许还能活过来。你的丈夫死了那么久了,你还哭着让他吃东西,那才傻呢!"听牧童这么一说,女人从此恢复了正常生活。

可见,人的心如果只恋一个人,一旦失去,就很难从痛苦中拔出来。但如果明白一切皆无常,天下没有不散的筵席,很多事情也就想开了。人生就是这样,你在意什么,就会被什么束缚;你执着什么,就会被什么伤害。

对于女性,最大的祝福就是破了情障,解开了情执。破情障的前提是认识到事物的无常,无常是正常,永恒是执念。人,一入执念就成魔,不懂放下就会变得疯狂,难免会误了自己。

弘一法师说:"对的人兜兜转转还是会遇见,错的人晃晃悠悠终会走散。我们这一生,不需要刻意去遇见谁,也不需要勉强留住谁。人与人之间,最舒服的相处方式就是:我用真心待你,但不执着于你,活在缘分中,而非关系中。"

人活着,其实就是活在悲欢离合中,因此,无须刻意改变什么,随缘就好。最好的状态就是:宠辱不惊,闲看庭前花开花落;去留无意,漫随天外云卷云舒。爱是一份欣赏、尊重与自由。缘分来了就好好珍惜,缘分去了也勿扰其心。

爱是藏不住的深情

人有三样东西是无法隐瞒的,咳嗽、穷困和爱,你越想隐瞒越欲盖弥彰。

爱一个人,是藏不住的心思,尤其是肢体语言,会情不自禁地昭告着你的深深的爱意。熟谙人性的俄裔美国作家弗拉基米尔·纳博科夫著在长篇小说《洛丽塔》中写道:人有三样东西是无法隐瞒的,咳嗽、穷困和爱,你越想隐瞒越欲盖弥彰。

语言可以骗人,肢体骗不了人。你很喜欢一个人的时候,你的肢体自然会被他吸引,如果你的肢体是排斥的,他跟你说话,你会把脸扭向一旁,其实说明你不爱他。如果爱,就不一样。比如在一个公众场合,一个主持人讲了一个笑话,大家都在哄堂大笑的时候,你的眼神会投向自己爱的那个人,人的肢体有时候是很容易展示出真实的内心世界的。

《红楼梦》对宝黛感情的发端、进展、确认之呈现,从第三回宝黛初见时似曾相识的感觉,到第三十二回宝玉的"你放心"明确了心意,两小无猜的宝黛从猜疑试探到情感稳定，曹雪芹描写了很多细节，都展示了两人藏不住的爱的心意。

第三十二回，宝玉听到黛玉称自己为知己，从不说"混账话"，感动落泪。

这里宝玉忙忙的穿了衣裳出来，忽见林黛玉在前面慢慢的走着，似有拭泪之状，便忙赶上来，笑道："妹妹往那里去？怎么又哭了？又是谁得罪了你？"林黛玉回头见是宝玉，便勉强笑道："好好的，我何曾哭了。"宝玉笑道："你瞧瞧，眼睛上的泪珠儿未干，还撒谎呢。"一面说，一面禁不住抬起手来替他拭泪。林黛玉忙向后退了几步，说道："你又要死了！作什么这么动手动脚的！"宝玉笑道："说话忘了情，不觉的动了手，也就顾不的死活。"林黛玉道："你死了倒不值什么，只是丢下了什么金，又是什么麒麟，可怎么样呢？"一句话又把宝玉说急了，赶上来问道："你还说这话，到底是咒我还是气我呢？"林黛玉见问，方想起前日的事来，遂自悔自己又说造次了，忙笑道："你别着急，我原说错了。这有什么的，筋都暴起来，急的一脸汗。"一面说，一面禁不住近前伸手替他拭面上的汗。

林妹妹嗔怪宝哥哥动手动脚，可是她也情不自禁去替宝哥哥拭汗。所以你不要相信女生说什么，要看她做了什么，你要懂她。真爱是掩饰不住的，搞不清楚爱不爱，通常是不爱。深爱的两个人，虽然不一定能说出千言万语，但一个眼神、一个动作都能体现出他的无限深情。

爱是责任与担当

> 我爱你,三个字承载的不只是情愫与勇气,更多的是责任与担当。

年少时读《小王子》,觉得成人的世界荒诞可笑,长大了才明白作者真正想表达的是爱的责任。我爱你,三个字承载的不只是情愫与勇气,更多的是责任与担当。任何一段美好的关系,都需要双方的付出与努力。为了心中的玫瑰,你愿意做那个浇水与挡风的小王子吗?有能力的时候,以一颗体恤的心去帮助那些身处困境的人,是最大的善意。总要有人首先去打破壁垒,就让我们去做爱的勇士吧!

不只是感情生活,职场打拼也需要责任与担当。我有一位朋友,大学毕业后入职一家大型公司,那是十多年前的往事。他当时看到了两本好书:《没有任何借口》《致加西亚的一封信》。他特别有感触,去找了总经理,希望总经理推荐这两本书给全体员工看,并讲了自己对公司的一些想法,总经理笑而不语,但已悄然关注他。他平时工作认真,积极建言,勇于担当,很快在同批员工中脱颖而出,现在已担任高管多年。他对我说:哪里只是运气好,不过是以为公司谋求利益为根本，真正把自己当作公司的一分子，公司就是自己的家，总经理、董事长就是父亲，儿子不站在父亲的角度为父亲分忧，不足以为人子。我深以为然，现在有些人经常抱怨公司用人不公，其实也应该反思自己真正为公司付出了多少。

如是因，结如是果。智慧的人重因，只在因上努力。

爱是心安

人生最幸运的事，莫过于令你心动的那个人，恰恰是让你心安的那个人。

为一人心动，为一人情深，为一人相思，为一人痴心，说不尽你的好，心里再也忘不掉你，初见时似曾相识，一如宝玉见黛玉；如今看你万遍仍欢喜，一如黛玉端详宝玉。

欣赏一个人，爱着一个人，真的会时时感动，你怎么能这么好；时时感恩，我为何如此幸运，这么好的你能来到我身边。我只在乎爱你时心间淌过的那份纯粹，因为你的存在，爱才如期到来。

钱锺书曾对杨绛说了一句又浪漫又接地气的话："第一次见到你的时候，我的心就炸成了烟花，需要用一生来打扫灰炉。"他真的用一生的行动来诠释：始于心动的爱情，也可以拥有终于心安的幸福。看起来完美的婚姻，或许都包含着外人看不到的辛酸和疲累，但钱锺书和杨绛却在时光的淘沥中愈发相濡以沫，令人称羡。他们的伉俪情深，让我们有理由相信：人生最幸运的事，莫过于令你心动的那个人，恰恰是让你心安的那个人。

在一段感情中，真正令人踏实的，让人觉得幸福的，其实就是心安。不管在什么时候，都很重视对方，让对方有心安的感觉，和你在一起，他能感受到踏实，感受到被深爱。爱尔兰诗人叶芝曾在《当你老了》中深情地写道：

多少人爱你青春欢畅的时辰，

爱慕你的美丽，假意或真心，

只有一个人爱你朝圣者的灵魂，

爱你衰老了的脸上痛苦的皱纹。

爱情最好的样子，从来不只是年轻时花前月下的卿卿我我，更是人到中年时的相濡以沫，彼此成就；是年老时的相看两不厌，病榻前的不离不弃，那份踏实与心安。

爱是分享

在亲密关系中，分享能让幸福指数升值。分享具有神奇的力量，它使快乐增多，使悲伤减少。爱是分享，不是交换。最伟大的爱，一定只是单纯地爱，无怨、无悔、无倦。

《红楼梦》中描写了两次宝玉当着黛玉的面摔玉的事件，宝玉为何摔玉？第一次摔玉发生在第三回，宝黛初见，宝玉认为神仙一样的林妹妹没有和他一样的玉，可见这玉也不是什么好东西，于是狠命摔玉。第二次摔玉发生在第二十九回，"享福人福深还祷福 多情女情重愈斟情"。五月初一，端午节前，贾母带领众小姐太太及丫头们去清虚观打醮，老道士当面向贾母问宝玉的婚事，想为宝玉提亲，贾母婉拒。后来，宝玉收藏了别人敬献的一个金麒麟，欲赠予湘云，凑成一对金麒麟。此次外出，宝、黛都不开心。黛玉又以金玉良缘、金麒麟之类的话激恼宝玉，宝玉赌气抓下通灵玉摔在地上，见没摔碎又找东西来砸。黛玉又是伤心，又是害怕，不停地哭泣，把吃的药都吐了出来。袭人、紫鹃等劝阻无效，直到贾母、王夫人将宝玉带去方才平息。就是这次，黛玉对贾母又急又气时说的"不是冤家不聚头"有所感悟。

宝玉的深情里有一份特别令人心动的纯粹。一般人有一件别人都没有的宝贝会得意，宝玉却认为最好的宝贝应该给最爱的人，如果最爱的人没有，他自己宁愿不要，所以他会摔玉。因为他心中深爱黛玉，想把自己拥有的独一无二的玉分享给黛玉，如果不能共享，不如丢弃。

宝玉如此纯粹的爱，让我们想到元代女书画家管道昇写给丈夫赵孟頫的《我侬词》：

你侬我侬，忒煞情多，情多处，热如火。

把一块泥，捻一个你，塑一个我，

将咱两个，一起打破，用水调和，

再捻一个你，再塑一个我，

我泥中有你，你泥中有我。

与你生同一个衾，死同一个椁。

爱里面有一个非常重要的元素就是分享。热恋中的人，买了一盒冰淇淋，会你一勺我一勺地互相喂着吃，这就叫分享。分享具有神奇的力量，它使快乐增多，它使悲伤减少。在爱的分享之中，欢喜会成倍地增加。

"你中有我，我中有你"，是懂得分享的理想的爱情状态。当你在爱情中学会分享，你的世界会更加美好辽阔。亲密关系中所有的痛苦都来自你放不下，对过去不舍，对现实焦虑，对未来期待。当你的心态改变了，认知提升了，一切痛苦烦恼自然就会烟消云散。爱一旦期待回报，就会有收支不平衡的痛苦。对待给予的最好态度是，把给出去的东西，当作泼出去的水，不再去想它，心里不留丝毫牵挂。

爱是分享，不是交换。最伟大的爱，一定只是单纯地去爱，无怨、无悔、无倦。

家庭关系最大的问题就源于自私,把自己看得太重,把对方看得太紧了,包括亲子关系的痛点,就在于父母不懂得孩子,把自己的观念强加于孩子。只有消除了自己的自私,才可能洞察他人心,这就是老子《道德经》中讲的"圣人无常心,以百姓之心为心。"

《孟子·梁惠王上》中有一句经典名言:"老吾老以及人之老,幼吾幼以及人之幼。"当我们体会到分享的快乐,就会体会到真正的爱是无敌人、无烦恼的。

婚姻中的纽带从来就不是金钱,不是孩子,而是精神上的共同成长,是高质量的分享。真正好的夫妻关系,都需要分享。高质量的分享是感情的催化剂,是爱情的助燃剂。就像山鸣谷应般,你热烈地分享,我热烈地回应,从而让感情有持久的热度。分享不是敷衍式的尬聊,而是心与心之间的彼此牵挂,互相认同,同频共振。当两个人的精神在同一层面,一个眼神就能传递万千情意,一个表情就能全然明白言外之情,几句话就能理解对方心中的山河万里。

你不妨去观察,生活中,再拘谨呆板的人遇到喜欢的人,都愿意分享自己的快乐。唯有很自私的人,才会害怕分享,唯恐别人得到更多,这样的人会很痛苦的。

每个人表达爱的方式都不同,但爱一定是藏在分享里,藏在和谐而有趣的生活里。爱只有被分享,流淌的爱意才能被看见、被感知。

爱是欣赏

真正的爱情，是相互之间的吸引、默契、谅解和包容，是一个灵魂对另一个灵魂的欣赏和爱慕。

当你爱慕一个人，一定要表达出你对他的那份欣赏：我欣赏你的聪慧，欣赏你的美貌，欣赏你的阳光开朗，欣赏你的帅气，欣赏你的单纯，欣赏你笑起来的样子……正如巴尔扎克所言："一个懂得欣赏你的人，必然是了解你灵魂的人，你们在一起才能走得更长久。"

真正的爱情，是相互之间的吸引、默契、谅解和包容，是一个灵魂对另一个灵魂的欣赏和爱慕。一个懂得你、欣赏你的人，很少会因为你的缺点而嫌弃你，总是能看到你的优点，接纳你的不足，弥补你的缺憾，助力你的好运，成就你的事业。

好的爱情并不是建立在占有的基础上，而是源自彼此的欣赏。懂得欣赏你的人，总会看到你心灵最脆弱的一面，即使你很平凡，在他眼里，你也散发着独特的光芒。有的时候，哪怕只是有那么一点点的好，或许是微不足道的事，他也会小心翼翼地珍藏，牢牢地记在心中。

有人说由欣赏而滋生的爱情，是不会随着时间的流逝而淡漠、消失的，更不会因时间、地位、名利、身份的改变而发生变化，那种心灵契合的感觉会历久弥新。在爱的过程里，我们要用好欣赏这一法宝。懂得欣赏别人，是一种"择其善者而从之"的能力，更是人品优秀的彰显，是心胸大度的体现。

懂得欣赏别人的人，一定会被别人欣赏。生活里，能够主动用欣赏的眼光去发现别人的优点，久而久之，别人也必然会以欣赏来回应你。同样的，在感情世界里，善于运用欣赏的"法宝"于日常表达中，终将会收获一份细水长流的爱情。

亲密关系中的双方通过欣赏和爱，会让感情变得更美好。步入婚姻的人也要不停地去赞美对方，让他觉得：无论怎样，自己都是被爱着的，这样的爱情才能历久弥新。所以，请不要吝啬你的欣赏和赞美，没有人会拒绝别人真诚的表达，何况那个人还是自己深爱的人。互相欣赏，才能互相扶持，同时也能给彼此带来无穷尽的力量，相互成就。

第四章
爱的智慧

真正爱一个人,不仅是单纯的给予,还包括适当的拒绝、及时的赞美、得体的批评、恰当的争论、必要的鼓励、温柔的安慰和有效的敦促。

用美学的方式体验爱

爱的构成中包含美的因素。爱情,从某种意义上说,是一种特殊的审美活动。用美学的方式体验爱,不断发现爱所蕴藏的魅力,就能回到"人生若只如初见"的美好与温馨。爱是当下的体验,这意味着爱不纠结于过去,爱不畏惧将来,爱只是爱,当下即幸福。

多年前,有一首流行歌唱道:"你问我爱你有多深……月亮代表我的心",爱情与月亮的关联并非今人首创,"月上柳梢头,人约黄昏后"是月色中的浪漫萌动;"晓镜但愁云鬓改,夜吟应觉月光寒"是月色中的遥相思念;"料得年年肠断处,明月夜,短松冈"是月色中的不舍和悲叹。一轮明月会勾起我们许多情愫,当你因看到月亮而产生特殊的审美感受时,你有没有想过,为什么单单是月亮让你产生这种感受而非其他物象?当你爱上一个人,你有没有想过,你为什么会爱上他?客观来看,爱情的产生固然有一定的生物学基础,例如多巴胺效应,但就爱情的主体参与者来说,爱情是一种情感体验。就个人体验来说,仅以激素、基因等生命科学概念来解释爱情是难以让人满意的,但美学却可以以其感性特征给人们一种感悟爱情的方式。爱情，从某种意义上说，是一种特殊的审美活动。

美学家朱光潜先生在《谈美》一书中论述了美感的概念、来源，区分了与美感相似的若干概念。美感是我们对事物的本然态度之一，对美的感受是超越事物自身的实用性和科学性的，美感需要人的参与，需要人具备发现美感的能力，在生活中"慢慢走"，慢慢欣赏，由此带来人生的艺术化，这是于个体而言对美感的最高追求。另一方面，朱先生特别强调，美感不同于快感，即美感不是单薄的感官享受。那么，美感是什么？《谈美》中如此谈道：

我们说过，美感起于形象的直觉。它有两个要素：

一、目前意象和实际人生之中有一种适当的距离。我们只观赏这种孤立绝缘的意象，一不问它和其他事物的关系如何，二不问它对于人的效用如何。思考和欲念都暂时失其作用。

二、在观赏这种意象时，我们处于聚精会神以至于物我两忘的境界，所以于无意之中以我的情趣移注于物，以物的姿态移注于我。这是一种极自由的（因为是不受实用目的牵绊的）活动，说它是欣赏也可，说它是创造也可，美就是这种活动的产品，不是天生现成的。

从上述观点中，我们可知美的感受是独立存在的，它会带来思考和欲念的失效，从而进入到纯粹体验的境界，即"物我两忘"的境界。然而，美是需要欣赏能力的，就这一点来看，美也是一种个体的自我创造活动。美学角度提示我们，爱的本质就是美，要体验到真正的爱，就要像欣赏美一样，心无旁骛，不掺杂世间功利，只在爱中，精华要义就是四个字：爱，只是爱。在这份灵魂吸引、高度契合中，你会获得巨大的美感和愉悦。

美感会伴随愉悦的感受，这一点似乎与我们通常说的"快感"相似，但从美学角度来看，美感与快感却大相径庭。《谈美》严格地区分了美感与快感。

美感与实用活动无关，而快感则源于实际要求的满足。看血色鲜丽的姑娘，可以生美感，也可以不生美感。如果你觉得她是可爱的，给你做妻子你还不讨厌她，你所谓的"美"就只是符合满足性欲的条件，"美人"就只是指对于异性有引诱力的女子。

如果你见了她不起性欲的冲动，只把她当作线纹匀称的形象看，那就和欣赏雕像或画像一样了。美感的态度不带意志，所以不带占有欲。在实际上性欲本能是一种最强烈的本能，看见血色鲜丽的姑娘而能"心如枯井"地不动，只一味欣赏曲线美，是一般人所难能的。所以就美感说，罗斯金所称赞的血色鲜丽的英国姑娘对于实际人生距离太近，不一定比希腊女神雕像的价值高。

美感经验是直觉的而不是反省的，美感所伴的快感，是需要过后回忆起才觉得这一番经验很愉快，但在美感经验的当下，是无法体会快感的，那一刻只有美而已。

当你懂得爱的本质是美，你就会欣然发现，一饭一蔬的烟火，清风明月的诗意背后，都是爱与美的深情相守。那些惊艳千年仿如水墨画卷般宁静致远的古诗词，渗透着高深的禅意与清醒的了悟，无不彰显东方美学返璞归真的意境。唐代诗人张若虚在《春江花月夜》中写道："江畔何人初见月，江月何年初照人。"在江畔初见月之人见到初照人之月之前，也就是这里的月与人相遇之前，月只能作为月而存在，而不会显现那种特殊审美感受，因为作为此感受的主人——江畔之人尚未出现。让你感到美的月是你正感受着的月，而非在你的感受参与之前的本原的月。同样的，你爱的他是你正爱着的他，而非在你爱他之前的本原的他。也就是说，在所谓的"审美活动"中，你所审的美实际上是你正在参与创造出来的美。同样的，在爱情里，你爱着的这个人，也是你正在参与创造出来的一个人。

当我们用美学的眼光看待爱的时候，爱的体验就如"我见青山多妩媚，料青山见我应如是"。无须语言，我们只需沉浸在爱的当下，但事后细品，却回味无穷，快乐自在，这就是上文讲的：美感所伴的快感，是需要过后回忆起才觉得这一番经验很愉快，但在美感经验的当下，是无法体会快感的，那一刻只有美而已。人终其一生，都在追求能给自己带来美感经验的人、事、景、物。用美学的方式体验爱，就是回到"人生若只如初见"的美好与温馨，不纠结过去，不畏惧将来，爱只是爱，当下即幸福。

爱情与色欲

> 欲是身的体现，爱是心的显现。欲是感官的激发，爱是情愫的流露。欲会因爱而生，爱一般不会因欲而生。有爱的欲是爱的升华，无爱的欲是生理机能的反应。

爱本质上应是一种意志行为，是用自己的生命完全承诺另一个生命的决心。色欲是以自我为中心的短暂享受，沉溺于色欲中会招致恶果，色欲中没有鲜明的意志与承诺。

情，它向上走，与爱结合称之为爱情，宝玉和黛玉觉得只要读读书、看看花就有无限的快乐。健康爱情中的情侣在一起，欲望很少，哪怕只是牵牵手，彼此能看见对方，就觉得无比幸福，无比温馨。情也可以往下走，与欲结合变成情欲，是行为上的接触互动，是肉体的欲望，缺乏精神上的共鸣。欲是身的体现，爱是心的显现。欲是感官的激发，爱是情愫的流露。欲会因爱而生，爱一般不会因欲而生。有爱的欲是爱的升华，没爱的欲是生理机能的反应。

《红楼梦》塑造了一个温柔富贵乡，这让很多读者将《红楼梦》划归到与《牡丹亭》《西厢记》等类似的才子佳人小说，或是形似于《金瓶梅》等情爱小说。《红楼梦》的主题到底是什么？这个问题一直是《红楼梦》研究的一大母题。与我们一般读者的认知不同，研究《红楼梦》的学者往往并不会将爱情作为《红楼梦》的核心主题。著名红学家周汝昌先生将《红楼梦》的主题概括为"家亡人散"。一方面，小说以贾家由盛转衰的家族发展脉络展现了荣华瞬息、富贵无常的贵族兴颓史，另一方面，以贾宝玉的成长经历为核心展现了"诸芳尽、了悟空"的个人悲剧。由此看来，《红楼梦》并不属于才子佳人小说之序列。然而，我们也不难注意到，《红楼梦》中有不少人物和情节展现了爱情与色欲这一古老的话题，我们借此来讨论爱情与色欲之间的关系是什么。

我们并不直接从宋明理学"存天理，灭人欲"的高度完全否定情欲存在的合理之处，我们需要的是更加客观地看待情欲本身。从个体发展的角度来看，情欲是每个个体由孩童成长为大人所必须经历的一个环节。这里的情欲倒不如说是性意识的形成。青春期孩子的性器官快速成长并逐渐成熟，逐渐建立了性意识，这是个体身心成长无法回避的一个话题。《红楼梦》的开端部分也描写了贾宝玉生理成熟的经过，第五回、第六回，发育中的贾宝玉做了第一次春梦，出现了梦遗，又与袭人有了第一次性行为。从这段情节的表述中，我们不难看出古人对待情欲的基本观点是消灭情欲。让很多读者不解的是，"贾宝玉初试云雨情"的情节明明是展示情欲的，为何这里又说这是消灭情欲呢？这要从宝玉为何会梦游太虚幻境说起。

宝玉梦游太虚幻境的起因是"宁荣二公之灵"嘱托警幻仙子帮助宝玉"归引入正"。原来宁荣二公的魂魄时时牵挂贾家的发展，他们知道贾家没有能延续家族荣耀的后代，只有宝玉"聪明灵慧，略可成望"，但是宝玉的身边没有能正确教导他的人，正巧宁荣二公之灵遇到了去接绛珠仙子的警幻仙姑，便委托仙姑："万望先以情欲声色等事警其痴顽，或能使彼跳出迷人圈子，然后于正路。"宁荣二公用了一种较为极端的方法希望能让宝玉跳脱出情欲的圈子，那就是让警幻仙姑将宝玉引入太虚幻境之后，用"情欲声色"之事来使宝玉快速领悟"色即是空"。有趣的是，宁荣二公教育宝玉的思路不是严令禁止宝玉做声色犬马之事，而是让其在短时间内经历种种情欲声色。这种方式的思路实际上是利用过犹不及的原则来让宝玉明白沉溺于感官享受会招致恶果的道理。中国人相信中庸之道，美好超过了限度就会化为痛苦，《兰亭集序》在"极视听之娱"的赏心乐事之后，也会唤起"终期于尽""死生为虚诞"的悲叹。总之，"游幻境指迷十二钗"，这一情节本身就是以神话语境对宝玉施加教育的。

贾瑞的故事就应和了"色欲之极，损身丧命"这八个字。《红楼梦》，第十一回"见熙凤贾瑞起淫心"，第十二回"王熙凤毒设相思局　贾天祥正照风月鉴"是讲述贾瑞被欲望驱使，想与凤姐发生不正当关系，最后纵欲身亡的情节。贾瑞的故事给读者留下了深刻的印象。从叙事结构来讲，贾瑞的主体情节与第五回宝玉游幻境历经人事、第六回初试云雨情的情节相邻，贾瑞的故事与太虚幻境中"爱欲之极则生祸事"的文意相呼应。

在贾瑞的故事里，有一个具有神话色彩的器物，这个器物可救人，也可害人，那就是风月宝鉴。风月宝鉴无疑是具有象征意味的器物，它的正面是香艳快活的画面，而背面却是阴森可怖的白骨，前者代表纵欲，后者代表节欲，面对如洪水般的欲望，人们就在这一正一反之间抉择。贾瑞丧命的根源在于把虚假的色当成永恒不变的真，把对梦幻的追求看成生命的最大快乐。这是欲望太大的人的悲剧。

情欲、色欲不等于爱情，弗洛姆在其著作《爱的艺术》中谈道："爱本质上应是一种意志行为，是用自己的生命完全承诺另一个生命的决心……人们没有看到性爱中的一个重要因素——意志。爱上某人不只是一种强烈的情感，还是一种决定、一种判断、一种承诺。"爱情与色欲并不是互相排斥的关系，爱情中也有性需求的因素。然而，较之爱情，色欲是没有决定、判断和承诺的，色欲也没有意志的参与。拿《红楼梦》中的例子来说，第四十七回，薛蟠调戏柳湘莲，本就是见柳二郎面容姣好，竟然让他意欲行"龙阳"之事，我们可以想见，薛蟠对柳湘莲的情感只是来自"性本能"，并没有"意志"，更不要谈及"决定""判断""承诺"了。第四十六回，贾赦想娶鸳鸯为妾这件事，贾赦既是觊觎鸳鸯的美貌，也是算计图谋贾母的财产，贾赦虽然有若干"意志""决定""判断"的因素，但是这种掺杂了许多色欲、利益算计的决定，并不是爱情，是私欲的膨胀。

自古"情深不寿，慧极必伤"，如果在感情中投入太多，执念太深，往往会受到很大的伤害，这样的感情并不会长久。过于聪慧、想得多、思虑重的人，身体处于高负荷状态，久而久之，身体会因劳心费神垮掉。迷于情，必困于心。太执着一个人就会将神外放，神不守舍，即会无心殒命。所以情往往是我们生命里最大的内耗，失恋即是伤情，失败则会伤志。西医里的抑郁症多是由于伤情和伤志而引起的，中医术语为情志不畅。

爱的良好倾向是双方皆可通过爱而获得成长。显然，色欲及其他私欲是以自我为中心，是忽视对方的。

单恋是独角戏,爱是双人共舞

> 喜欢只是自我的愉悦与轻松;单恋虽有爱的心理特征,却没有彼此的互动,没有对方的回应;爱是两个人完整的共舞。

喜欢可以独立完成,爱则需要互动。真正的爱情,如宝黛爱情,是两个灵魂的共舞,是旗鼓相当的对手戏,而非孤芳自赏的独角戏。喜欢一个人,是自己喜欢就可以了,就如欣赏自然界的鲜花美景,它不受对方影响,不需要身体和语言的行为,心是轻松与自在的,更在意当下的感觉。爱是两个人彼此有好感,心存愉悦,身体、语言上有互动行为。爱的初始阶段会有试探、确认,除了甜蜜外,还可能伴随紧张、忐忑不安等,会期待将来。

如果分不清喜欢与爱的区别,误以为单方面的喜欢是双方彼此的爱,就会出现爱情关系中才有的紧张等心理特征,这其实是单恋。当然,有些爱情的开始阶段是从单恋进入双向奔赴的。但喜欢、单恋和爱情是有明显区别的。喜欢只是自我的愉悦与轻松。单恋虽有爱的心理特征,却没有彼此的互动,即没有对方的回应。单恋是个人独奏,是一个人在巨大舞台上苦苦挣扎的独角戏。

好的爱情是我奔向你的一瞬间，你迈步了，你我双向奔赴。而非当一个人拼了命地奔向另外一个人，那个人只是不迎不拒，遇到问题便开始往后退缩，这种爱注定是一个人的旅行。因为谁都知道，那个真正爱你的人，是舍不得让你苦苦等待的，一定建立在两个灵魂相知相惜的基础上。若两个相知的灵魂在错误的时间遇到，也可能将两人的关系转化为知己，彼此能恪守道德的底线，默默守护，是少有的人间佳话。

但大多数单相思是得不到回应的爱。金庸小说《倚天屠龙记》里的郭襄，那样一个冰雪聪明、兰心蕙质的女孩，世间那么多英武俊朗的男子对她心怀爱慕，她却对他们视而不见，她有她的执，那个执就是杨过。"风陵渡口初相遇，一见杨过误终生。"杨过大概就是很多女孩子的理想——洒脱、慷慨、勇毅，万般温柔，一腔深情！郭襄初见杨过，正是情窦初开的妙龄少女；而杨过正值盛年，魅力无穷。但杨过的心早给了小龙女。一个人的心，可大可小。大到可以装下整个天地，小到只能容一个人，多一点都是超荷。后来，郭襄成了峨眉派的开山宗师，俨然心空若谷的道者。她瞒过了世人，却没瞒过自己，放下了天地，却没有放下心中的所爱。她给弟子取名风陵，这是她一生心系杨过的一个明证。

束缚我们的不是爱本身，而是放不下的执念。从哲学角度看，执念是一个人过分专注于某事某物，长时间沦陷于某种情绪，这一情结就会将人束缚住。从心理学角度看，执念也指情结，沉醉于某种事物而不能自拔，像上瘾那样而不考虑其他问题。

面对爱而不得的单相思，或者意难平的初恋，也许我们心中依然

有割舍不断的情感在发酵,但它绝不仅仅是愈演愈烈的爱情,更多的是你思维篡改后的回忆。放下执念意味着不去篡改,不妨通过刻意练习去觉知它,当你如镜子般观照它时,你将发现它无形无状。我们受苦,是因为我们陷入一个分割、独立的"我"的概念之中。当我们深入观察,可以修习"无我",了悟没有独立存在的"我",通过不断修习,我们就能超越如单相思一样的那些令人受苦的问题。

爱的密码：
心怀善意地传递爱

正因为生命中有了你，我对这个世界才爱得更真切、更深沉，我愿意传递这份快乐与幸福，去付出、给予和帮助更多的人，让他们也拥有快乐幸福，这才是爱情中真正的秘密。

每个人心里，都住着一个渴望爱的小孩，等着被爱填满。人类灵魂最深处的需要就是被爱、被欣赏。而想要获得爱和欣赏，前提就是必须先付出爱和称赞，肯定爱人的价值，制造亲密感，使另一半的潜能被充分激发出来。

爱的真理不仅在手中的书本上，也在与你朝夕相对的姻缘最深的那个人身上。恋爱是一场善因的累积，你怎么对别人，也一定会有一个人用同样的方式对你。如果你用别人最在乎的感情来伤害对方，命运会用你最在意的东西去重挫你。你是怎样的人，就会遇到怎样的人。如果你逢场作戏，也会遇到对方游戏人间；如果你精于算计，自私自利，也会遇到对方抠门吝啬，斤斤计较；如果你是一个心怀善意的人，你也会遇到美好的人；如果你是内心阴暗的人，你一定会放大对方的缺点。

在亲密关系里，付出越多的人，还愿意为你付出更多；索取更多的人，就只会坐享其成，最终失去爱人。爱会流向不缺爱的人，这大概应验了马太效应：强者愈强，弱者愈弱。拥有的爱越多，越能吸引更多的爱；付出的爱越多，就能换来越多的情绪价值。

所以，我们要心怀善意地对待每一个和我们有缘的人。世界上没有无缘无故的相遇或者离开，爱或不爱，都只是遇见更好的自己。正因为生命中有了你，我对这个世界才爱得更真切，更深沉，我愿意传递这份快乐与幸福，去付出、给予和帮助更多的人，让他们也拥有快乐幸福，这才是爱情中真正的秘密。

破译了爱的密码后，还要付之于行动，运用到生活中，你与爱人、孩子之间的情感联结才会愈来愈紧密。你先让自己拥有灵魂精神的高度，自然能引领对方的崇美向善之心。用你的善良、你的慈悲来赢得爱人、孩子对你的爱，然后再以你的智慧来获得爱人、孩子的尊重。

爱的必修课：
悦纳自己

> 真正自信的人不仅能接受自己的不完美，而且相信自己与众不同，从而能坦然地面对一切，活得自在从容。

在爱的世界里，我们首先要学会自己爱自己。如果你不能完全地爱自己、接纳自己，那你也无法接纳别人。正如美国心理治疗师萨提亚在《爱的法则》中说的：若不爱你自己，你便无法来爱我，这是爱的法则。你爱别人一定是因为你有爱的能力，只有这样你才能把爱给到别人。不爱自己的人犹如一个空杯，他是没有水来分享给别人的。

不管外界如何，内心始终给自己传递一份自信：我是独特的，完美的，现在用心爱你了。如果你也爱我，那我们就共同打造爱的世界。如果你不爱我，也不是彼此不完美，只是我们不匹配。三十六码的脚只能与三十六码的鞋子相配才穿得舒服，但三十六码的脚与三十九码的鞋子都没有问题。有了这样的认知，两个人纵然不能相爱，也懂得彼此尊重与谅解，如此就不会由爱生恨，自己也不会因为一段感情的不如意而丧失信心。

爱情的基础必修课是学会爱自己。爱情的失败往往源于我们还没准备好，还来不及好好爱自己时，就匆忙去爱别人了。我们一定要先学会爱自己。只有当我们觉得自己跟自己的关系好了的时候，我们与世界的关系、与对方的关系才会慢慢地好起来。与其希望对方来帮自己按确认键，不如先给自己按一下停止抱怨键。把抱怨换成对自己的珍惜。我们需要擦亮眼睛，分辨对方是否值得我们付出一切，要清楚地意识到：那些带有讨好和委屈、需要不断牺牲自己才能勉强维持的关系，不如及时放手，低到尘埃里的爱，开不出云朵一般轻盈自在的花。

一切良好关系的基础是悦纳自己。洞察人心的前提就是你清清楚楚地知道自己的心，然后把你的心贴着别人的心，你一下就会知道对方想要什么。如果你连自己都不了解，如何了解他人呢？你要把80%的精力放在自己身上，研究自己喜欢做什么，做让自己幸福感特别强的事情的时候，你会释放出一种吸引别人的能量。

一个人，只有具备接纳自己、爱自己的能力，才能有爱他人的能力。所谓的推己及人，莫过如此吧！如果我们忽略了自己内心的感受，不肯去聆听自己的声音，了解自己的本心，又怎会知道对方想要什么呢？很多精神导师都是先从自身的角度出发，然后来理解别人，理解世间的苦，才能具备一种勇悍之心去帮助别人。

加拿大游吟诗人莱昂纳德·科恩在《颂歌》中写下："万物皆有裂痕，那是光照进来的地方。"万事万物都有不尽如人意的地方，金无足赤，人无完人。真正自信的人不仅能接受自己的不完美，而且相信自己与众不同，从而能坦然地面对一切，活得自在从容。在他们眼里，生命里所有的困境与挫折，是自带光芒的礼物。有光的地方，就有影子，但恰恰是这些影子磨炼了我们的意志，提升了我们的能量。

生活中有一个朋友长得算不上漂亮，但为人很热情，心地善良，全身上下透着一份松弛感，令人很愿意走近她，她无论走到哪里，都光彩照人，也让别人因为她的存在而感到温暖。她让我想起一位智者的话：人生是用来体验的，不是用来演绎完美的。我能原谅自己的平庸和不完美，我允许自己带着缺憾，允许自己出错，允许自己偶尔断电，学会释放自己，融入这个世界，带着缺憾拼命地绽放。

幸福是来自内心的感受，我们改变不了外界，却能改变对待外界的态度与心境。很多时候，困扰我们的不是他人的苛求，而是自己对自己的过高期许。当我们的心不再苛求完美，眼光不再那么尖锐，不再向外索取爱、索取关心、索取金钱，只是专注自己喜欢并值得的事情，你整个人会变得自信而从容，温和而坚定。

当你能悦纳自己，以一种放松的心态面对人生，真正地去爱自己，通过学习努力提升自己的认知与修为时，你会发现，你就是爱的本身，具有光和热，这个世界的美好都与你息息相关，你照亮自己的人生，同时也能温暖他人。请你永远相信：梧高凤必至，花香蝶自来。

怨，会蚕食爱情

有些家庭矛盾很多，最常见的一种是，一方认为自己付出太多而得到的回报却很少，日积月累就成了怨妇或怨夫，忍无可忍就会不间断地爆发情绪，进而逐渐蚕食爱情。

很多男女会纳闷：我对她/他那么好，为什么她/他会对不起我？我对她/他那么好，为什么我们的感情却越来越淡？我到底做错了什么？我应该怎么做？我已经尽力做她/他想要的那个样子了，我已经竭尽全力为她/他、为这个家，做我力所能及的所有事情了，可是为什么她/他还是不满意？为什么我们越来越没话说了？

有些家庭矛盾很多，最常见的一种是，一方认为自己付出太多而得到的回报却很少，日积月累就成了怨妇或怨夫，忍无可忍就会不间断地爆发情绪，进而逐渐蚕食爱情。当心中不满的情绪累积得越来越多，怨，就开始滋生蔓延。

一些看似是对家庭的付出和责任，但行动的背后其实并不是那么单纯，这背后有讨好，有算计——"我付出了多少，你能回报多少"；或是觉得自己付出了那么多，就有了要求、命令对方的资本，诸如"你就应该对我像我对你一样好""你欠了我的"这样尖锐的声音在心间不断萦绕。生活中，有多少人是用"自我感动式"的付出而令对方倍感压力的。这种"付出"本质上是一种以自我为中心的利己行为，对于接受者来说，这种付出不是爱，而是"强行交换"。这样的供需不对等会造成极大的内耗，最后积压为怨。

在我们没有真正领悟爱的真相时，我们所有的爱都是基于自我，或者说，我们所有的爱都是需要回馈的。当你认为你在爱的时候，事实上，你一直在试着维持情感的收支平衡。当你发现回馈少了，你会有情绪：为什么我总记得给你过生日，你却不给我过？为什么我每天在家做这么多事，你却视而不见？这种不满积累久了，你就会以怨的形式爆发。此时，你的爱已经不是真正的爱了，爱已经在流失、变质甚至腐烂了。

爱是照亮自己的修行

相爱的人，只有经历了那些爱与痛的打磨，爱情才会如钻石般闪亮；唯有克服重重阻碍之后，两个灵魂才会水乳般交融在一起，不分彼此。

爱其实是一场修行，需要战胜人性的弱点，也就是说，你要学会如何去爱。在爱里，对方的一举一动很容易牵动彼此的心。没有牵动，应该是还不够相爱。爱情里没有是非对错，只有缘深缘浅。我们只要相信曾经的深情是真，最后的心碎是真，就像万里无云的天空也会瞬间风起云涌，既然不能继续同路，就一别两宽，各自安好。

是的，当我们把每一场相遇都看成是一次让我们变得更好的历练时，心中就会充满慈悲和宽容。不要想着去改变任何人，当你有足够的能量去能理解周围的一切，心中的爱便会化为一道光，会照亮更多的人。

弘一法师说："相逢的意义在于照亮彼此，不然的话，一个人喝茶也很浪漫，一个人吹风也很清醒。缘分本来就稀薄寡淡，相伴一程已是万分感激，没有什么东西一成不变，没有谁一直能陪着谁。只要同行的时候是快乐的，就是好的相遇，至于怎么走散的并不重要。"

人与人相处的最高境界，是彼此照亮、相互成全。遗憾的是，有多少因爱生情的男女能够彼此照亮、相互成全，相守到最后？相爱的人只有经历了那些爱与痛的打磨，爱情才会如钻石般闪亮；唯有克服重重阻碍之后，两个灵魂才会水乳般交融在一起，不分彼此。

对的爱，就是遇见了一个让你变得更好的人。他令你发现美丽并非来自妆容，而是来自内心的纯净和善良。只有真正放心地卸下外在的包袱后，你才能展现出独特的光芒。真正的爱情是建立在自由和尊重的基础上的，内心的链接和彼此的理解会令我们感受到一种深深的震撼与温暖，这种感动超越了任何外表的美丽。

或许那时你会发现：世界不是扑面而来，一切都是从你的心中显发，再借由你最爱的那个人呈现出来的。只有遇到同类，你才会觉得"韶华不为少年留"，才会嫌时间过得特别快，总有聊不完的话、诉不完的情。一段关系最好的结局，不是初见之欢时的惊喜，而是久处不厌后的舒心。王小波曾经给李银河写了很多情书，有一段是："你知道我对你的爱情是什么吗？就是从心底里喜欢你，觉得你的一举一动都很亲切。"这或许就是很多人向往的久处不厌吧！

当我们把爱当作修行，那么即使每一天都处于柴米油盐的琐碎里，在回眸看对方时，仍会有万般柔情涌上心头，这大抵是爱情修行中的最好样子吧！

爱是生命中的再一次成长

健康的爱情能促进两个人的成长，能激发生命的创造力，能让彼此的生命拥有新的活力，爱是生命中的再一次成长。

在健康的亲密关系中，爱人取得的成就和快乐比自己的成就和快乐更令人欣喜。爱是一种合作模式，达成这种合作的前提是双方具有吸引彼此的优点。在许多恋爱、婚姻关系中，也许双方的优势并不对等，爱的一方已经是比较完美的了，并且有能力引领另一半不断成长，获得升华，趋于完美。他不但能与对方灵魂共舞，生命同体，还能恒久守护，护所爱周全，为所爱遮蔽风雨，还能润物无声地引领所爱人提升自我，共创幸福自在的亲密关系。这是大智慧，这是爱的力量。

人世间的悲喜，谁都无法避免，但难得的是，一对有情人，可以互相守护，彼此成就。杨绛与钱锺书的爱情就是互相成就的典范。俗话说"君子动口不动手"，但文学大师钱锺书为了保护妻女，和一对年轻夫妇打了架，自己"最贤的妻，最才的女"被人推倒在地，再冷静的人也会血往上涌，平静不下来。在钱锺书的眼里，杨绛无所不能，是他的港湾。她能操持各种家务，会修理他弄坏的家什。她包揽一切事务，只为让他专心创作。她宠着他和钱瑗，任由他和钱瑗胡闹。她是他的妻，更是他的天。天被欺负了，天要塌了，他能不急吗？杨绛先生说："能轻易放下的，那不叫爱，叫过客；真爱，是爱过恨过等过痛过，也依然走不出，放不下，想起来是心如刀割，不想又是怅然若失。"只有经历了真爱，才领悟得如此透彻，所以她才会说："配偶是你人生战场上的盟友，一起奋斗，共同进步。"

爱情需要智慧和力量并行。反观宝玉，他为人良善，心怀慈悲，待人接物有智慧，但却没有力量，体现不出男性的担当与责任。他在精神世界中理解黛玉，在情感上与黛玉同生死、共命运，然而在现实世界中，他冲破不了层层枷锁，无力为自己争取爱的权利，无法采取有效的手段为爱情争取到圆满的结局。宝黛之爱，注定会走向悲剧。

对自我的笃定，对生活的热爱，对所爱的深情与责任，会为亲密关系带来强大的自信，成为人生内核中强大的支撑。

爱情的力量可以改变一个人，可以给深陷泥潭中的人以一线希望。《红楼梦》中尤三姐的故事说明爱可以让人自发地追求更好的自己。红楼二尤是《红楼梦》众多人物中具有鲜明特点的形象，为整体叙事增添了浓墨重彩的一笔，其中，尤三姐的故事尤为让人深思。可以说，在她找到情感寄托之前，尤三姐的生活是混沌的。然而，当她得遇意中人，开始有了心向往之的爱情萌动之时，她便有了好好生活的希望，生活中的言行自律向上。爱的力量感化了一颗蒙尘的心灵，于是读者便在第六十六回中看到了思嫁柳二郎的尤三姐颇为动人的片段。

只见尤三姐走来说道："姐夫，你只放心。我们不是那心口两样

的人，说什么是什么。若有了姓柳的来，我便嫁他。从今日起，我吃斋念佛，只服侍母亲，等他来了，嫁了他去，若一百年不来，我自己修行去了。"说着，将一根玉簪击作两段，"一句不真，就如这簪子！"说着，回房去了，真个竟非礼不动，非礼不言起来。

这是尤三姐对爱的决心，也是她改变自己的开始，爱的力量驱使她成为更好的自己。在决定和柳湘莲缔结婚约之前，在发表这段爱情宣言之前，尤三姐只是一个色欲的符号。然而，当她为爱承诺，为爱追求，真真切切去改变自己时，她就是爱的化身了。色欲和爱情在尤三姐的身上竟如此分明起来。尤三姐的转变又何尝不是因为爱情的力量！

人生最大的幸运不只是你遇见了一个能引领你走向更美好的人，更是你有一颗破茧成蝶的心，愿意突破自我的习性，与爱人比翼双飞。这份爱，让你相信，最美好的爱情，不是一个人的地老天荒，而是两颗心的相互滋养，心灵的成长与相通远比肢体上的亲密更加深刻和重要。

真正爱一个人，是可以在彼此的不同中发现美好，你可以为我重新打开一扇窗户，让我看到一个更加美好的世界。

爱她，请为她持续地按下确认键

女生就是希望你用行动、用语言来持续地表达你对她的承诺，这样她才能获得亲密关系中的安全感。

相对而言，亲密关系中的女性更容易有不安全感，更需要对方无数次重复地表达爱，希望通过对方甜蜜的语言和真诚的行为来确认自己是被爱着的。也许女生的心理是这样想的：你说一次"我爱你"是不够的，要常常说，我才会欢喜地相信你是真的爱我。我要经常抽查，所以请你继续保持，最好你能说到天荒地老。

她这样做就是想不断确认意中人对她独一份的宠爱。黛玉也是如此，第九回，宝玉上学前来向黛玉辞行，黛玉忙又叫住问道："你怎么不去辞辞你宝姐姐呢？"黛玉心里一直跟薛宝钗比，黛玉就是要通过比较宝玉对自己和宝钗的言行态度来消除不安全感。这基本上是女生的共性，她不停地向爱人发出各种暗示，其实就是要一个确认键，一份安全感，渴望你给她一个承诺。我们看第二十八回的开篇，这一段是黛玉的反复确认和宝玉的回应，非常有代表性。

那林黛玉正自伤感，忽听山坡上也有悲声，心下想道：

"人人都笑我有些痴病,难道还有一个痴子不成?"想着,抬头一看,见是宝玉。林黛玉看见,便道:"啐!我道是谁,原来是这个狠心短命的……"刚说到"短命"二字,又把口掩住,长叹了一声,自己抽身便走了。

黛玉明明很生宝玉的气,但一说到"短命"时,还是不忍心。宝玉见黛玉躲开他,便追上来。

……说道:"你且站住。我知你不理我,我只说一句话,从今后撂开手。"……黛玉听说,回头就走。宝玉在身后面叹道:"既有今日,何必当初!"林黛玉听见这话,由不得站住,回头道:"当初怎么样?今日怎么样?"宝玉叹道:"当初姑娘来了,那不是我陪着玩笑?凭我心爱的,姑娘要,就拿去;我爱吃的,听见姑娘也爱吃,连忙干干净净收着等姑娘吃。……如今谁承望姑娘人大心大,不把我放在眼里,倒把外四路的什么宝姐姐凤姐姐的放在心坎儿上,倒把我三日不理四日不见的。我又没个亲兄弟亲姊妹。——虽然有两个,你难道不知道是和我隔母的?我也和你似的独出,只怕同我的心一样。谁知我是白操了这个心,弄的有冤无处诉!"说着不觉滴下眼泪来。

宝玉深爱黛玉,坚持不懈、斩钉截铁地表达自己的心意,逐渐消除了黛玉的误会。这正是女生想要的。林妹妹确认了自己在宝玉心中的重要性,开心地说起了俏皮话。

如何降低亲密关系的危机损耗

创伤、嫉妒、漠视、欺骗、背叛,这些,友情也会遇见。所谓大道至简,真正的道是在"心"上用功,如果没有转变心境,我们就会为别人的错误买单。真正聪明的人,都懂得如何让自己的心停止内耗,将痛苦与损失降到最低。

费斯汀格法则告诉我们,生活中的 10% 是由发生在你身上的事情组成,而另外的 90% 则是由你对所发生的事情的反应所决定的。换言之,生活中有 10% 的事情是我们无法掌控的,而另外的 90% 却是我们能掌控的。

如果决定离婚,那离婚时尽量不要情绪冲动,不妨用这个万能公式:当事情有转机,我们不要焦虑、愤怒;当事情无法挽回,焦虑、愤怒也无济于事,反而会让事情变得更糟。遇事时,我们要学会很好地控制情绪,但平时要训练,就像打仗,日常要练兵。提醒自己如果遇事不能很好地控制情绪,事情反而会变得更糟,90% 本来不会发生的问题也会随之出现。

这样去思考非常有用,因为人的本性是趋利避害的,当我们沉下心来思考,就会做出正确的决定。当夫妻双方没有感情时，如果处理不妥，结果就会更糟。怎样处理会更圆满呢？首先我们要学会保护自己和孩子，既然姻缘尽了，就好聚好散，尤其是有孩子的家庭，毕竟对方还是孩子的父亲或母亲，如此则能避免费斯汀格法则讲的 90% 的损失，这叫不幸中的幸运。

如果不离，舍不得这份感情，包括还有孩子、经济等方面的诸多因素，那就试着理解，理解他出轨背后的因素。虽然很难，但也要去做，这样会让损失降到最小。

我们总是习惯将批判的手指指向外面，很少指向自己。当你拥有指向自己的勇气和智慧时，你既不会把别人的过错都揽在自己的身上，也不会孤立地看待一段关系，而会用客观理性的思维去"还原"事情的真相，久而久之，你就会发现理解别人，就是善待自己。

创伤，嫉妒，漠视，欺骗，背叛，这些，友情也会遇见。所谓大道至简，真正的道是在"心"上用功，如果没有转变心境，我们就会为别人的错误买单。真正聪明的人，都懂得如何让自己的心停止内耗，将痛苦与损失降到最小。

物质优先还是情感优先

只有精神上达到了一个高度,你才能知道自己究竟需要什么,想要过什么样的生活,到底要怎么做才能让自己的生活幸福美满,让自己的人生坦然自在。

人们在追求物质的过程中,往往会忽略自己的内在需要,例如心灵上的满足、精神上的放松等。因为人们往往会把物质享受看得比内在感受更重要,会以拥有豪车、奢侈品等为荣,但这些物质享受并不能带给人长久的幸福感和满足感。

每个人都有一个共同的目标,就是想得到幸福,幸福是我们追求的结果目标。所以我们去奋斗,去挣钱,去爱。这叫过程,我们通过过程去获取结果。

如果一个人过于追求物质,而忽视了自己的内在需求,很可能会导致身心健康问题,其结果往往是离幸福愈来愈远。著名作家贾平凹曾经说:"人生只是暂坐一场,每个人来到世上都是暂坐。"《暂坐》也是他最新的作品,讲述的是以暂坐茶庄女老板海若为中心,延续出的各种跌宕起伏的故事。她们大多是工作中的女强人,但是在感情上都受到巨大的打击。这群女人都想过上体面的生活,实现经济独立之后,精神世界却出现了缺失,在追求欲望满足的过程中,逐渐失去自我。看上去光鲜亮丽,实际上内心早已残破不堪。

人们在追求幸福的路上,往往更容易注重物质的享受,却忽略了同样重要的精神陶冶。很多人正是因精神上的匮乏,才会在纸醉金迷中逐渐迷失自己,认为物质上的满足才是成功的标志。

所以,对于明智的人来说,充实自己的精神世界远远比物质上的享受更重要。只有精神上达到了一个高度,你才能知道自己究竟需要什么,想要过什么样的生活,到底要怎么做才能让自己的生活幸福美满,让自己的人生坦然自在。

爱，不是迷失自我的讨好

在任何一段关系中，只要一方不平衡，迟早会出现问题。

为了爱一个人，失去尊严、失去自我、失去自信，为了讨好对方而改变自己，迷失自己，这是愚蠢的行为。当你彻底失去自我时，这份爱情也会慢慢地消失殆尽。你会越来越不自信，你会认为：我就是为了对方活着的。但对方并不领情，因为他觉得你已经不是当初那个让他心动的人了，结果甚至会适得其反，你最终失去了这份爱情。所以，请永远不要在爱里面失去尊严、失去自我、失去自信。

讨好型性格往往带有原生家庭的烙印，比如从小缺乏爱的孩子，长大后遇到一个人对他好一点，他就可能飞蛾扑火；即使对方很爱他，他心里也会有一份恐惧，担心对方离开自己，一直处于不自信与猜忌的状态，这样的爱情会令对方厌烦。为别人活，你不断地改变自己，变成他喜欢的样子，然后让他爱你，那么，你是否想过他爱上的到底是你，还是你表演的样子？当你的内心多了一份恐惧，时刻害怕失去，你的这份爱又怎么能得到他的真心呢？

爱情是两个独立个体的锦上添花，而不是一个人成为另一个人的救命稻草。你必须成为一个独立完整的人，才能更好地去爱。不妨花时间和自己相处，尝试新的兴趣爱好，结识新的朋友，这样能帮助你找回自尊、提升自信。另外，与你的伴侣保持适度的距离，有助于改善并增进你们的亲密关系。

亲密关系中的了解与尊重，一定不是低到尘埃里的讨好，也不是踮起脚尖的喜欢。一如杨绛先生所说："当你真正被爱的时候，其实根本不用那么漂亮，那么迎合，那么优秀。你要知道，踮起脚尖的喜欢是站不稳的。真正喜欢你的人是会弯腰的。"因此，你无须"太用力"地去爱一个人。一个人若真爱你，你可以是任何一种模样；若他不爱你，你即使是"全能手"，他也视而不见。

唤醒爱的幸福感

正如杯中有水,才能倾注于其他容器。只有我们自身拥有了快乐的能力和幸福感,才能真正体验到爱是如此美好与动人,并能将这一份爱给予到对方。

爱是由共振吸引而来,恨也是如此。一个人生气愤怒的背后是恐惧与担忧。负面情绪会令人紧张焦虑,这份坏情绪会让你感觉不到世界的美好,对方与你接触,自然也无法透过你看到世界的阳光与美好,而会让对方的幸福感下降。正如杯中有水,才能倾注于其他容器。只有我们自身拥有了快乐的能力和幸福感,才能真正体验到爱是如此美好与动人,并能将这一份爱给予到对方。

成年人的快乐是一种智慧,也是一种高超的能力。快乐的底层逻辑是自我整合能力、自我完整度、对自己的接纳度。简单来说,就是具备快乐能力的人喜欢用乐观的态度接纳自己,拥抱自己,影响他人。这种能力反映在行为上就是:不抱怨。在生活中,我们会发现抱怨是快乐的杀手,一个喜欢抱怨的人眉头很少是舒展的。真正快乐的人很少抱怨,他们就像阳光一样明亮与透彻。

美国作家德格拉斯·勒尔顿在《不抱怨的世界》中强调,要想变得不抱怨,我们需要深入洞察自己抱怨背后的动机是什么。快乐的人能做到不抱怨,是因为他们深知抱怨无用,重要的是拥有积极的态度。他们往往有一颗知足的、感恩的心,一双发现美、欣赏美的眼睛,善于捕捉生活中的小确幸等。他们深知幸福不取决于外界,而是取决于看待外界的心。就如半杯水放在两个人面前,乐观的人看到了希望,会感到庆幸;悲观的人看不到希望,会为只剩下半杯水而难过,甚至会因此焦虑。

快乐的人还具备化繁为简的能力,认识到人生其实只有三件事:自己的事,他人的事,老天的事。这和阿德勒心理学中的"课题分离"有点类似,即首先要划清界限,你做的事与我无关,每个人都要为自己的事负责;其次是要做好属于自己界限之内的事情,比如安慰、理解和关心对方。与伴侣课题分离的最大好处,就是建立明确的边界意识,减少对他们的期待,给予彼此最大的尊重,不过度参与对方的选择,不站在自己的角度替伴侣做决定,这种相处模式可以让彼此自由且没有束缚感。

幸福感来源于对生活的热爱,来源于用心感受事物本身的乐趣,很多时候,我们的生活不缺少乐趣,只是因为缺少了一颗可以感知乐趣的心。更深层次来看,幸福感来源于满足、感恩、欢喜、爱等正面力量。一个人假如放纵恶念和欲望等,使正面的力量受到压抑,他就不可能幸福。打个比方,如果你想让一杯水变得像蜜一样甜,你会往里面不断撒盐吗?当然不会。同样的道理,如果你在渴望幸福的同时,又不断加入一些与之相反的东西,结果就会南辕北辙。

幸福需要制度、福利等外在保障,但最根本的问题,是如何唤醒自己心中的爱,如何用爱驱散欲望与怨恨,如何守住良知,如何学会知足。所以,不要总是把眼光投向外部世界,要看看自己的内心,多跟自己的灵魂对话,看看它需要什么,又缺少什么,及时清理精神世界里的负面信息。因为,除了基本的生存条件之外,幸福不用依靠太多的东西,它本自俱足。

幸福婚姻的相似性

爱情如同漫步云端的光，婚姻恰似落地生根的花，倘若缺少人品和财富的基础滋养，深陷滚滚红尘的我们又怎能脚踩大地，仰望云端？

拥有幸福婚姻的夫妻双方至少有四个特征：品行端正、三观一致、彼此欣赏、有一定的经济基础。

双方三观一致才能实现灵魂契合，如此两个人便会有很多共同语言，能长久相伴。彼此懂得对方的好，有一种欣赏与满足。如同海边拾贝，贝壳千千万，自己拾取的虽不一定是最美的，却是自己喜欢的，如此足矣。

第八回，宝黛二人探望宝钗，用过晚饭后回家，外面正下雪，出门戴斗笠时，宝玉骂小丫头：

"罢，罢！好蠢东西，你也轻些儿！难道没见过别人戴过的？让我自己戴罢。"黛玉站在炕沿上道："罗唆什么，过来，我瞧瞧罢。"宝玉忙就近前来。黛玉用手整理，轻轻笼住束发冠，将笠沿披在抹额之上，将那一颗核桃大的绛绒簪缨扶起，颤巍巍露于笠外。整理已毕，端相了端相，说道："好了，披上斗篷罢。"

黛玉与宝玉两人的心总是相贴相融的，黛玉习惯把柔情放在冰冷的语言里，但宝玉懂得。黛玉欣赏宝玉，希望心爱的人永远那么帅气。现实生活中，我们可以看到妻子为上班的丈夫打领带，拿公文包；或者丈夫为回家的妻子递上一双拖鞋，问她累不累，开心不开心。相爱的人总能给对方带来一份温馨，其实亲密关系之间的快乐特别简单。

真正爱一个人，不是单纯的给予，还包括适当的拒绝、及时的赞美、得体的批评、恰当的争论、必要的鼓励、温柔的安慰和有效的敦促。

爱情如同漫步云端的光，婚姻恰似落地生根的花，倘若缺少人品和财富的基础滋养，深陷滚滚红尘的我们又怎能脚踩大地，仰望云端？

爱他，就给他空间

婚姻中最令人舒服的状态是既给对方应有的空间、充分的理解与尊重，也保持了一份相互牵挂的情愫，坚守了一份相互扶持的责任。

当你弹琴时，琴弦绷得太紧会断；当你放风筝时，线拽得太紧也会断；当你学游泳时，身体绷着，肯定会沉下去。爱情也是如此。《礼记》有言："一张一弛，文武之道也。"宽严相济不仅是治理国家的方法，而且适用于感情方面的松紧有度，不走极端。

知乎上有一个问题调查：分手后，你觉得自己在这段感情中失败的最主要原因是什么？其中点赞最多的回答是：我太在乎对方，而他恰恰相反。很多人常常会在一段感情里迷失自我，不理解爱的本意到底是什么，也不明白为什么自己付出了那么多真心和物质，却还是换来不平等的爱。其实，很多亲密关系的走散，都败在一个"太"字上，一是太认真，二是太想要。活得轻松自在的人，一定是少欲而不较真的人。当你不把自己太当真，你就不会把所有的人当真。这样，人与人之间就会减少冲突，减少烦恼，就能和谐共处。

更重要的是，当你不把自己太当真，你就不会焦虑，而是会去想为什么不懂对方。其实，当你突破"我"的格局，你就会发现对方真正需要的是什么了。

《庄子·外篇·至乐》记录了一个富有哲思的故事：昔者海鸟止于鲁郊，鲁侯御而觞之于庙。奏《九韶》以为乐，具太牢以为膳。鸟乃眩视忧悲，不敢食一脔，不敢饮一杯，三日而死。此以己养养鸟也，非以鸟养养鸟也。

这个故事的大意是：从前，有一只海鸟停在鲁国的城郊，鲁国国君把它请到了庙里，国君用牛羊猪来供养它，为它演奏《九韶》。海鸟心生悲哀，不敢吃一块肉，不敢饮一杯水，三天后死了。这是用供养人的方法来养鸟，不是用供养鸟的方法来养鸟啊！

人有人的活法，鸟有鸟的活法，树木有树木的活法……万物都有自己的活法，一旦弄错了活法，就活不下去了，会带来灾祸。如果你爱一个人，就要了解与尊重对方的需要，而不是像鲁国的国君对待海鸟一样，不考虑对方是否能接受，专横地以自己的方式来爱对方。这样的爱就变成枷锁和伤害。

经营爱情就像放风筝。无论男女，都希望自己的爱人出类拔萃，希望自己的爱人展翅高飞、鹏程万里，适当给彼此一些独立的时间和空间，有利于对方的发展。当飞在天上的风筝偏离了方向时，我们需要调整手里的线。当爱人的情感出现偏差时，也需要我们适时地去调整，与对方建立有效的沟通，用真诚而开放的对话，分享自己的感受与愿望。

婚姻中最令人舒服的状态是既给对方应有的空间、充分的理解与尊重，也保持了一份相互牵挂的情愫，坚守了一份相互扶持的责任。

让内在美为爱助力

比颜值更重要的是才华和人品，比五官精致更重要的是三观端正。颜值只是魅力的加分项，对于追求心灵品质的人来说，内在美才是必选项。

仅仅对对方好是追不到意中人的，因为爱是吸引而来的。健康的爱情关系应该有以对方为荣的感觉，你会去欣赏对方内在和外在的优点，并且对方也处处以你为荣。所以，好，只是添加剂，吸引，才是必需品。

谈恋爱是谈一份感觉，你让对方感觉到如沐春风，目光之处皆是你；对方也让你有种被宠溺的感觉。男生内心有时也会没有安全感，他并不是女生所想象的那样的高大与沉稳，他们内心里也有一份小男孩的感觉，他的不安全感也需要一个女性的宽容理解。男生其实希望他爱的女生能像妈妈一样宽容他、像姐姐一样引导他、像妹妹一样单纯、像女儿一样会撒娇。

颜值只是魅力的加分项，对于追求心灵品质的人来说，内在美才是必选项，让人可赏、可品、可阅。如果说容貌能吸引我们关注一个人，那么气质能吸引我们欣赏一个人。因为气质包含着一个人的生活状态、经历与心境，正所谓相由心生。一个喜欢撒娇的女人，内心一定相信自己是可爱的，值得被人怜爱的。同样，一个雅致端庄的女人，内心一定是爱自己的，相信自己是独一无二的，配得上这世界的所有美好。

林语堂在《人生不过如此》中说过："女人的美不是在脸孔上，是在姿态上。姿态是活的，脸孔是死的，姿态犹不足，姿态只是心灵的表现，美是在心灵上的。"态，就是指一个女人从骨子里所体现出的气质。比颜值更重要的是才华和人品，比五官精致更重要的是三观端正。

内在气质是一个人最独特的、不可复制的美。曾国藩说："人之气质，由于天生，很难改变，唯读书则可以变其气质。"多读一些书，腹有诗书气自华，时间久了，你会发觉所读过的书，所经历的事，都写进了气质中，藏进了灵魂里，变成了眼底的清风朗月，心间的日月星辰。

人生最好的境界就是自在，自在的人生一定是幸福快乐的。所以我们内心要有一份笃定：我喜欢你，不是因为你多么欣赏并崇拜我，而是因为相信你爱我。当我们有了一份珍爱自己的心态和自信的能量时，我们会放弃我应该找一个什么样的人才适合我的想法。当少了这份得失与算计时，你就能更好地爱自己，你的整个身心能量就开始变得清透和清纯。

当我们将学到的知识内化于心，变成智慧滋养我们的生命时，我们一定能安之若素，面对变化无常的感情世界。

参考文献

[1] 曹雪芹. 红楼梦 [M]. 北京：人民文学出版社，1982.

[2] 朱光潜. 谈美 谈美书简 [M]. 北京：作家出版社，2018.

[3] [美] 艾里希·弗洛姆. 爱的艺术 [M]. 刘福堂，译. 上海：上海译文出版社，2018.

[4] [美] 罗兰·米勒. 亲密关系（第6版）[M]. 王伟平，译. 北京：人民邮电出版社，2015.

后记

红楼梦醒——爱过即圆满

很多人惋惜曹雪芹《红楼梦》只写了八十回，慨叹宝玉与黛玉没有"有情人终成眷属"。谁说爱一个人一定要拥有？谁说拥有后就一定要长相厮守？爱不是欲求，不是享乐，是心的自由共振，是藏不住的深情。

如果按照曹雪芹对林黛玉的判词，林黛玉是通达世情的了悟者，并非带着哀怨离世的小女子。所以，林黛玉的扮演者陈晓旭才会笃定地说："如果我来续写《红楼梦》，林黛玉来世上是为还宝玉的浇灌之情，把情全部都看透之后，她一定会带着解脱的心重回太虚幻梦。"

听了陈晓旭在北大的演讲，你会找到她能如此形神兼备地诠释林黛玉的深层原因，这一切都来源于她对《红楼梦》理解得如此深刻，对林黛玉这个人物体会得如此透彻。她说："我不觉得林黛玉柔弱，我觉得她很坚强。其实她内心很强大，因为她情感丰富，想法和所处环境有反差，可她依然能够依照自己的内心去做选择。林黛玉是个很有创意的人。比如说她葬花。甚至连她和贾宝玉吵架的方式，都特别有创意。"

的确，不少读者都误解了黛玉，把她当成只会哭闹、耍小性子的人，其实黛玉有很幽默、很俏皮的一面。她最吸引宝玉的是才华背后的真、善、美。以诗意的内涵来观照，林黛玉在芦雪庵、凹晶馆的两次联句，其思想超越了她的才情，已经达到一个视生命与爱情平

等、崇尚人性自由的全新高度。

所以，黛玉病逝后，贾宝玉从《葬花吟》的凄绝悲音中，参出了一种人生况味，才真正"见到"了林黛玉的境界。青春的易逝，人世的无常，使贾宝玉悟透了一种人生的哲理：即要留的未必能留得住，逝去的可能永远不再回头。

《红楼梦》启示世间男女思考"开辟洪蒙，谁为情种"这一重大人生课题。自古以来，谁是第一个种下这令人"奈何""伤怀""寂寥"之种的人呢？有人说，曹雪芹的发问其实是一个无解的问题。爱情本来就是一切因缘聚合的产物，没有因缘聚合便不会有其果，因缘一旦灭失，其果（情）亦随之消失。也许答案都藏在贾宝玉参禅悟道后写过的一首偈语中："你证我证，心证意证。是无有证，斯可云证。无可云证，是立足境。"

曹雪芹将佛学思想里的色空理论作为《红楼梦》的主旨之一加以宣扬阐发，才产生了空空道人将《石头记》传抄问世、跛足道人口念《好了歌》和甄士隐为之作《好了歌注》等三个故事。《好了歌》警示我们：人生在世，所有功名、财富、亲友，好到极致的时候，也就是一个了；有无缺憾，也是一个了。从这个角度来看，没有结局未尝不是最好的结局。只要爱过，就是圆满。

以贾氏一族为代表的贾王史薛四大家族，他们从极其辉煌显赫的顶峰，跌落到"白茫茫大地真干净"的谷底，这种人间真实，有力地证明了人生不过醉里荡秋波，醒来都是南柯一梦。

《红楼梦》是梦，解读《红楼梦》也是梦，愿你在梦中有欢喜，有所悟，足矣！